밤의 발코니

* 이 도서의 국립중앙도서관 출판예정도서목록(CIP)은 서지정보유통지원시스템 홈페이지(http://seoji.nl.go.kr)와 국가자료공동목록시스템(http://www.nl.go.kr/kolisnet)에서 이용하실 수 있습니다.
(CIP제어번호: CIP2015030670)

밤의 발코니

음식으로 얻은 환상과 위안

유지나 지음

은행나무

차례

제1장 표류

제2장 섬, 이국

제3장 환상

제4장 유빙

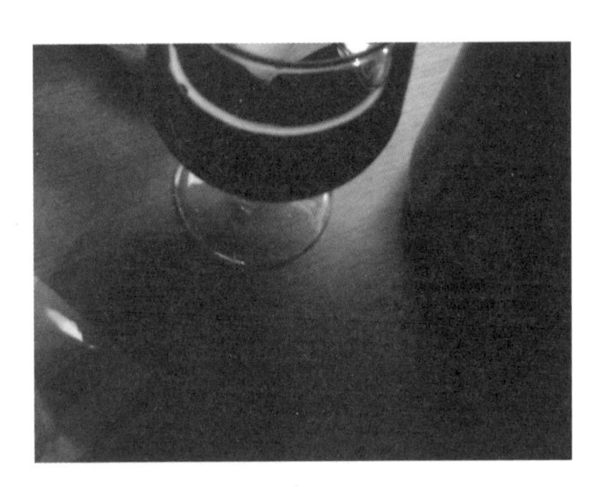

블랑켄베르그에게

제1장

표류

물고기

그해 여름, 우리의 얼굴은 바다에서 튀어 오른 물방울로 자주 젖었다. M은 바다에서 채집한 소라와 황돔, 옹달샘돔과 이름 모를 작은 물고기들로 생선조림을 만들었다. 바람이 우리를 그늘지게 하고 베개에 얼굴을 파묻게 하고 사선으로 걷게 할 때, 푸른 도자기 접시가 데워지고, 우리는 식탁에 앉아 함께 저녁을 먹었다. 때론 둘, 때론 셋이었다. 잠든 우리의 발을, 멀리서 밀려온 바닷물이 적시곤 했다.

치즈

일상은 긴 산책과 작은 식사들로 이어졌다. 채소수프처럼 조용한 날들이었다. 산책을 하고 열매를 주워 먹고 개와 함께 해안을 따라 등대까지 걸었다. 곁에는 옅은 외로움과 불안이 함께였다. 먼 바다로부터 바람이 달려오는 밤에는 치즈를 만들고 수프를 끓였다. 선물 받은 산양유를 녹여 우유를 끓이고 레몬을 짜 넣으며 태풍이 오지 않기를 바라던 지난밤, 책을 읽다가 반으로 접은 이불 속에서 잠이 들었다. 밤새 우유는 치즈 한 덩이로, 나는 산양으로 변해 있어 부드러운 치즈를 꺼내 아침의 들꽃을 으깨 넣었다.

Recipe_1 리코타 치즈

Ingredients_ 우유 1L, 생크림 500ml, 레몬즙, 소금, 식초 1티스푼

Procedure_ 우유와 생크림을 섞어서 약한 불에서 한 시간 정도 끓이다가 끓기 시작하면 레몬즙과 소금, 식초를 약간 넣어 30분 정도 더 끓이다가 조금 식혀서 큰 볼에 체를 받치고 면포를 깔아 그 위에 유청을 걸러낸다. 면포를 꽉 묶어 돌이나 무거운 것을 올려서 유청을 걸러내고 접시에 받쳐 냉장고에서 4~5시간 식혔다가 꺼낸다.

Recipe_2 치즈 오일 절임

Ingredients_ 리코타 치즈, 통후추, 로즈마리, 올리브오일

Procedure_ 치즈 덩어리가 부서지지 않도록 뜨거운 물에 여러 번 칼을 담갔다가 꺼내 조심스럽게 썬다. 유리병에 통후추, 로즈마리, 올리브오일을 채워서 보관한다.

나베

가쓰오부시를 우려낸 다시 국물에 배춧잎과 삼겹살을 한 입 크기로 썰어 냄비에 담는다. 흙으로 빚은 전골냄비 속 고기와 채소들이 익어가면 거품 쌓은 맥주 한 모금. 레몬즙과 겨자가 중심이 되는 소스를 취향대로 만든 우리는 부드럽게 익은 고기와 채소를 산뜻한 소스에 적셔 입에 넣는다. 달이 어디 있지, 하며 마주 앉아 먹던 나베의 맛.

밤이 되자 달과 목련이 핀 마당에 나가 꽃을 도둑질하는 사람처럼 몰래 목련을 꺾기도 했어. 고개를 젖혀 이마를 가까이 가져가면 네 인중에서 나던 좋은 냄새, 이상하고 외로운 어린 동물아, 중얼거리던 네 목소리를 기억해. 너를 외롭게 만들고 너의 잃어버린 계절이 되었지만, 그럼에도 사랑해주어서 고마워. 온전히 나를 사랑하는 네가 내가 되려고 했던 그 순간에 나는 너의 것이었어. 내 이마에는 네 입술이 닿아 만든 사랑의 말들이 새겨져 있어. 목련을 훔치던 밤은 만월의 밤이었던 것 같아. 우리가 밤이 되고 물고기가 되던 그 밤들은 불을 켜지 않아도 되는 환한 밤이었던 것 같아.

미네스트로네

수프의 밤에, 나는 부엌에서 천천히 움직인다. 오일 두른 냄비에 토마토를 볶다가 양파, 샐러리, 감자를 함께 볶아 물을 붓고 수프를 끓여낸다. 이집트 콩, 채소가 듬뿍 든 수프 냄비, 여름 별장의 글라디올러스, 공동정원에 두고 온 야생 귀리, 해변의 소파에 앉아 무릎에 두 손을 올려놓는 순간의 아득함, 격자무늬 창에 드리워진 레이스 제조가의 이니셜, 샤르트뢰즈샤르트뢰즈 수도원에서 수도사들이 빚은 리큐르와 한 여름의 스콜, CARRETFOUR BAR와 마루에 핀 튤립, 바구니 가득 담긴 멜론과 미라벨과 라벤더 꿀, 모퉁이를 돌면 나타나는 도난당한 그림들의 상점, 연금술을 필사하고 있는 젊은 수도사의 푸른 잉크병, 향신료 가게와 녹색의 들새, 모닝코트를 걸치고 괄호를 채우는 에러비(그는 이따금 허공에 두 발을 디딘 채 장서관을 배회하며 수사의 독백을 대신했다), 투명한 눈의 결정체, 에르미타쥬, 그림자 박물관, 파지릭(Pazyrik) 카펫 아래 드리워진 수직매듭 그림자, 푸른 차양 아래 환등기는 계속해서 돌아가고, 댄스홀의 양초들이 밝게 빛나며 이 모든 장면은 흑백으로 처리된다. 그리고 밤은 마치 영원할 것만 같아서 이곳은 눈이 그치지 않는

스노우볼, 어지러운 범선의 갑판, 어쩌면 당신이 접어놓은 도그지어 속. 때로 나는 수프를 끓이면서 입술을 깨물었다.

Recipe_ 미네스트로네 수프

Ingredients_ 토마토, 샐러리, 감자 등 채소류, 올리브오일 혹은 버터, 육수 혹은 치킨스톡

Procedure_ 열십자로 칼집을 낸 토마토를 데쳐 껍질을 벗긴 뒤에 올리브오일에 볶은 다음 약한 불에서 끓인다. 토마토가 끓는 동안 취향대로 채소를 볶은 다음 토마토와 보글보글 익힌다. 올리브오일 대신 버터를 써도 되고, 육수 대신 치킨스톡을 넣는다. 삶은 팔라펠, 펜네를 넣어 먹기도 한다.

크루아상

모든 것이 처음인 것 같은 아침에, 우리는 작은 탁자에 마주 앉아 아침을 먹었다. 빵과 버터, 반으로 자른 자몽과 꿀, 크루아상과 마멀레이드와 커피포트를 테이블에 늘어놓았다. 나는 파란색 팬티를 입고 커피를 새로 만들어 꿀과 버터를 빵에 바른다. 크루아상은 아침의 빵이고, 우리

는 아침을 사랑하고, 아침의 섹스는 꿈 같다. 쿤스트카머, 이상한 사물들의 나라, 그 무질서한 세계에서 우리는 아름다운 지붕들과 레이스 팬티를 사랑했다.

나는 발코니에 앉아 구시가지 지도와 베이커리 영수증에 그린 스케치, 샤르트뢰즈와 무화과를 넣어 졸인 토끼요리를 파는 식료품점 명함과 수첩을 펼쳤다. 그리고 L의 지갑에서 발견한 내 프린세스 탐탐 팬티 조각을 그에게서 빼앗아 정원을 향해 힘껏 던졌다. 이상한 지붕들의 나라, 뒤엉켜 헝클어진 머리칼은 웨이브, 물결치는 웨이브, 나의 머리칼은 너로 인해 레이스 자락처럼, 초식동물의 뿔처럼 흔들리기 시작한다.

무밥

여기, 섬은 바다가 있고 숲이 있다. 산딸기를 따먹을 수도 있고 물고기를 잡아먹을 수도 있는 곳이다. 공간의 여백이 시간의 공백을 채우는 곳. 기온은 서울보다 4도쯤 높고 시간은 그보다 약간 느리게 흐르며 해안을 따라 숨이 찰 때까지, 달릴 수 있다. 늦겨울의 섬은 스산하였으나 고요함이 머무는 장소였다. 아직 차가운 공기는 스웨터를 여미게 했지만 봄이 가까이 온 것을 돌담 아래 매화를 보며 알 수 있었다. 이따금 비명을 지르며 귤밭을 달리는 꿩 소리. 꿩의 울음소리는 정적에 어울리는 소리인가, 그렇다. 적막을 찢기에 적절한 소리로, 지루한 정적을 못 견디겠다는 듯이, 몹시 큰 소리로 짧게, 그러나 깜짝 놀라지 않을 만큼 적절한 목청으로, 청아한 두견새 소리처럼 밤에 어울리는 새소리는 따로 있는 것을 알기라도 하는 것처럼 한밤에는 나타나지 않았지만 그중에서도 정신 나간 꿩이 있을 터였고, 자정이 다 된 시각에 갑자기 들려오는 꿩의 소리는 날카로운 비명에 가까웠다. 이따금 검은 숲으로부터 들려오는 두견새 울음과 올빼미들 소리, 어쩌면 그것은 흰올빼미와 수리부엉이와 가면올빼미의 합창일 수도, 약간 어지러운 상태에서 들려오는 환청일 수도 있을 터였으며 두견새가 훌쩍임을 멈춘 사이 칠면조와 꿩과 닭이 중창을 하면 즐거울 것만 같았고, 정적과 화음을 깨트리기 좋은 새소리로는 그것들만 한 것이 없는 것처럼 여겨졌다. 바깥은 어둠이 짙다. 어쩔 수 없는 마음이 되어버려 맥주를 마시고 또 마시는 것은 창문을 뒤흔들며 마음을 헝클어뜨리고 마는 거센 바람 때문이다. 부리를 꽁꽁 묶은 꿩을 품에 안은 나를 심야택시는 신호를 받고 잠시 멈추었다가 네게 데려가겠지만 지금 내가 볼 수 있는 것은 입을 벌린 바람의 얼굴과 올빼미 가면을 쓴 꿩의 눈동자뿐이다. 스트라이프 앞치마와 주머니에 손을 넣을 수 있는 도트무늬 앞치마, 허리에 리본을 두 번 둘러 묶을 수 있는 앞치마, 나는 가끔 앞치마를 입은 채 거리를 활보하고 싶고 네 개의 찻주전자 중에서 이따금 가방 대신 에나멜 찻주전자를 들고 가만히 걷다가 거울을 본다. 꿩을 처리하는 것은 당신 몫이에요. 낮에는 해변에서 조약돌 여섯 개를 주워왔다.

　나는 바람에 둘러싸인 집에서 두 컵의 쌀을 씻는다. 무를 올려 밥을 안친다. 단단하면서도 부드러운 것, 그 두 가지 맛을 다 즐길 수 있는 채소. 밭에서 주워온 겨울 무는 섬의 흙으로부터 처음 얻은 것이었다. 무밥도 짓고 무나물도 무치고 뭇국을 끓여 며칠을 먹었다. 뿌리를 반쯤 흙 위로 드러낸, 다리를 반쯤 흙에 묻고 있는 것처럼 보이기도 하는 뿌리채소, 새싹부터 무청까지 버릴 것 없이 다 먹는다. 기름 두른 팬에 채 썬 무를 굴리듯 살짝 익혀 무나물을 만들었다. 소금과 들기름으로 맛을 낸 담백하고 순한 단맛. 참기름 대신 들기름을 쳐야 무의 맑은 색이 살아난다. 교토식 무샐러드에 쪽파를 송송 썰어 얹었더니 아삭하고 상큼한 맛이 좋았었다. 단단하고 울퉁불퉁한 무를 익히면 부드럽고 단맛이 나는 것이 외모는 거칠지만 속은 순정한 사람의 종아리 같다. 밥 냄새가 부엌 가득 퍼진다. 흰 쌀알과 무의 투명한 하얀색이 섞여 고운 밥이 되었다. 마당 너머 슬레이트 지붕 아래, 이웃 창 불빛이 꺼진다. 그때까지만 해도 우리는 서로 모르는 사람이었다. 버스종점으로 마중 나온 너를, 우두커니 서 있던 너의 두 다리가 기다림의 의자라는 것을 알아본 것은 열나흘이 지나서였다.

Recipe_1 무 굴밥

Ingredients_ 쌀 2컵, 굴 2컵, 채 썬 무 2컵, 물 2컵

Procedure_ 간장, 달래, 파, 부추, 청양고추, 고춧가루, 통깨 한 스푼, 참기름 섞어 양념장을 만든다. 연한 소금물에 굴을 살짝 헹궈 체에 받쳐두고 쌀은 씻어 한 시간 정도 불려 놓는다. 불린 쌀에 물을 붓고 센 불에서 5분 정도 끓이다가 보글보글 거품이 끓어오르면 채 썬 무를 넣는다. 밥물이 스며들면 뚜껑을 덮어 약한 불에서 5분 정도 뜸을 들인다. 밥이 다 되면 굴을 얹고 불을 끈 후 5~7분 정도 뜸 들인다.

미역, 버섯을 곁들여도 좋다. 양념장과 함께한다.

Recipe_2 무 샐러드

Procedure_ 드레싱은 식초, 설탕, 참기름과 폰즈소스, 고춧가루 약간. 송송 썬 쪽파, 채 썬 무에 살짝 버무린다. 정종과 잘 어울린다. 토막 낸 무의 결을 따라 채 썰어야 무를 익혀도 부서지지 않는다.

Recipe_3 무 미역 초무침

Procedure_ 채 썬 무, 작게 자른 불린 미역, 소금, 설탕, 식초, 국간장에 살짝 버무린다.

Recipe_4 무 스테이크

Procedure_ 큼직하게 무를 썬다. 버터 달군 팬에 무를 굽는다. 간장에 다싯물과 꿀을 섞어 소스 만든다. 잘 익은 무에 소스를 붓고 살짝 졸인다.

Recipe_5 시래기국

Procedure_ 시래기(마른 무청)가 부드러워질 때까지 물에 불린다. 불린 시래기를 먹기 좋은 크기로 자른 다음 된장, 다진, 마늘, 들기름으로 버무린다. 끓는 물에 멸치와 다시마를 넣어 국물 맛을 낸다. 다시마는 살짝 끓이다가 건져낸다. 멸치육수가 우러나면 멸치를 건져내고 된장 풀어 양념한 시래기를 넣어 중불, 약불에서 뭉근하게 끓여낸다. 콩가루 뿌려서 밥 말아 먹으면 배 속이 따듯해진다.

청주

전구를 사야지, 하고는 전구를 손에 쥐고서, 버터를 샀다. 상점들이 늘어선 거리를 되돌아오는 길에 백조, 양배추, 버섯, 기러기, 여러 개의 얼굴들이 램프에 매달린 것을 보았다. 그리고 너는 여럿이었다. 너의 얼굴과 술과 양말을 산 다음, 그늘진 너의 얼굴을 램프걸이에 걸었다.

청주는 냄비 속의 담긴 것이 익어가기를 기다리며 마시는 술이다. 쌀로 빚은 미색의 맑은 술, 미주라는 이름도 좋다. 여름에는 얼음과 허브를 넣어 차갑게, 겨울에는 중탕으로 데워 따끈하게 마신다. 은대구 한 마리로 맑은 대구탕을 끓였다. 더해서 두부, 레몬, 미나리를 작게 썰어 넣어 냄비에 끓이다가 약하게 불을 줄인 가스레인지 앞에 서서 도자기에 담긴 술을 마셨다.

너는 달린다. 오늘 밤의 청주는 술상을 차려놓고 너를 기다리며 마시는 술이다. 배는 눈에 잠겨가고, 너의 장화는 눈 속에 푹푹 잠겨, 뒤엉켜 휘몰아치는 눈보라, 순록의 뿔에 붙은 얼음 조각, 빙하를 미끄러지는 조용한 발굽들,

가람마살라를 가져가고 있어요. 당신 마음속에 얼음이 들어 있네요, 마크니, 이담에 또 무언가를 만들어 주고 싶어요. 말 없는 말들이 먼저 도착해 백합찜, 콜리플라워를 차려내었지만 유빙을 가르는 쇄빙선의 작은 방, 희미한 램프 등은 흔들리고 눈은 계속계속 내려, 잉어가 나오는 영화를 보다가 기모노를 입은 채 소파에 엎드려 잠이 들었다.

중국식 우럭튀김

어둑한 방에서 나를 끌어안은 너는 이마에 입 맞추며 '중국식 우럭튀김 해줄게' 하고 말한다. 캐러멜을 넣어 졸인 달콤한 검은 생선 요리와 너와 나의 네임카드가 놓여 있는 야외 테이블의 예약석과 한 치수 작게 입은 비단 치파오, 넝쿨식물에 다리를 묶어 놓은 티티새가 있는 식당을 나는 떠올린다. 눈을 감고 상하이의 식당가를 걷는 동안 슬픔처럼 허기가 찾아오고 우리는 푸른 저녁 속에 갇혀 있다.

선실 같은 방에 머무는 동안 너는 아무것도 묻지 않았었다. 커튼을 목에 두른 채 앉은 네 머리카락을 잘라주던 맑은 사월 오후, 실링팬 아래 잠시 멈추었던 시간은 열린 미닫이문으로 빠져나간다. 너는 나를 사랑하고 있음에도 여전히 아무것도 묻지 않는다. 세상의 질문이 지겨웠던 나는 질문이 존재하지 않는 커튼 쳐진 너의 방에서 안도했다. 그들 속의 보이지 않는 소년을 비에 젖은 운동화를 가지런히 돌려놓는 만큼만 사랑했다, 라고 나는 생각한다. 너는 나를 만졌다. 나는 물음표 모양의 귀를 떼어내고 너의 귀를 접었다 폈다하며 품속으로 파고들었다. 하지만 물

에 젖은 목소리로 그 방에서 네가 들려주던 이야기들은 만져보고 싶었으나 허공에 흩어지고 마는 이야기들이었다. 엎드려 있던 나는 화병의 설유화를 물끄러미 보고 있다. 얼굴이 젖어 있는 밤이 되면 너는 가장 가까이 있는 사람이었다. 검은 밤, 우리가 함께 있으면 밤도 흰빛이 되었다. 흰 커튼도, 한 묶음의 설유화도, 내 이마도 흰빛이었다.

크로켓

부드럽게 삶아 으깬 감자를 마요네즈와 버무린 다음, 소고기와 감자, 양파와 당근을 작게 썰어 동그랗게 손으로 빚은 크로켓 반죽을 밀가루, 달걀물, 빵가루를 묻혀 맑은 기름에 튀겨낸다. 크로켓과 가장 잘 어울리는 술은 맥주이고 맥주는 여름의 술이다. 지금은 자정이 십오 분 지난 시간, 더없이 맛없을 수 없는 맥주를 마시고 있지만 뜨거운 크로켓을 곁들이니 맥주의 맛도 나쁘지 않다. 맥주가 맛있고 마리화나를 태울 수 있고 미남이 많은 나라에 살고 싶군. 미남이 말아주는 마리화나를 피우며 맥주를 마시면 더 좋겠지. 오렌지 껍질과 고수, 시트러스 향이 나는 에일 맥주. 달은 이지러지고 블루문, 여름밤 우리 곁에는 바다와 바람과 맥주가 있었다. 나는 맥주 거품 만드는 B를 지켜본다. 마른 행주로 물기를 없앤 잔에 두세 번 기울여 따랐을 뿐인데도 부드러운 거품은 유리잔에 흘러넘칠 듯 풍부했다. 산뜻한 맛이 쌉쌀함으로 이어져 청량한 여운을 남긴다. 배가 차가워. 차가운 피는 B를 자극하고 성난 사춘기 소년처럼 휴대전화를 던지게 만들었어도, 달려와 내 배 위에 올려놓은 두툼한 손은 아주 따듯했다. 자동차 시동

이 꺼지고, B의 오른손에 들려 있을, 비닐봉지에 담긴 맥주병 부딪히는 소리, 이윽고 현관 앞에 선 그 애가 조용한 음성으로 나를 부르는 그 목소리는 때론 바람에 흩어지거나 축축했다. 나의 차가운 배 위에 올려진 손바닥이 시계 방향을 따라 거듭해서 동그라미를 그려나가면 우리는 말없이 아름다운 것들과 가까워졌다. 고로케를 한입 베어 먹고 양배추 샐러드를 만들면서 양배추 채 써는 소리가 눈 밟는 소리와 닮아 있다고 생각한다. 바람이 왼쪽 귀를 지나 오른쪽 귀를 통과할 때 달팽이관에 고여 있던 낱말들은 포말 부서지는 소리를 내었다. 폭설에 하얗게 지워진 백사장과 어둠 너머 빛나는 관목들. 그 너머 부엌 창가에서 나는 바람 소리를 모으기 위해 가만히 서서, 소라껍데기 귀를 열었다.

보리수 잼

눈을 감으면 이따금 떠오르는 건 네 모습이 아닌 너와 함께 다닌 길들이야. 네가 육지로부터 부쳐온 보리수 열매를 물끄러미 바라보다가 눈물이 날 것 같아 눈을 비볐어. 흐드러진 보리수 꽃 사이를 날아다니던 꿀벌들. 연두, 주홍, 빨강으로 색을 바꾸며 익어가던 반짝이고 붉은 열매를 수돗가에서 기다리고 있던 개는 펄쩍 뛰어 받아먹었어. 떫고 시어 새들도 먹지 않는 그 열매를 말이야. 그 나무 아래서 나는 봄을 외면했어. 그리고 너를 떠나면서 겨울을 잃어버렸어. 서울은 봄이라지. 삼나무 흔들리는 소리가 파도

소리 같아. 씨앗을 걸러낸 보리수를 손으로 으깼어. 유리병에 붉고 투명한 봄을 담았어.

네가 섬에 머문 이틀 동안 떡국과 잡채, 니쿠자가 같은 것을 저녁으로 만들었지만, 밥을 잘 못 먹고 지내는 너를 위해 마늘을 너무 많이 넣어서인지 모두 네가 좋아하는 것들이었는데도 혀가 아렸다. 나뭇가지 부러지는 소리를 들으며 천천히 밥을 먹으니 안도감과 서먹한 서글픔 같은 것이 마음에 닿았다. 멀리서 개를 데리고 오느라 고단했던 너는 곧 잠이 든다. 방 안을 떠다니는 네 낮고 규칙적인 숨소리를 들으며 나는 어제의 암실로 들어간다. 이따금 내 의지와는 상관없이 나는 극장에 앉은 네가 되어 어떤 장면들을 보고 있다. 그럴 때면 네게 상처를 주었던 장면이 정지되고 마음이 베이는 것 같아 네가 내색하지 않던 삶의 무거움 같은 것을, 깊은 밤 네가 나쁜 꿈을 꾸어 흐느끼며 잠에서 깨지 못할 때, 네 어깨를 흔들어 깨우고 싶다고 생각한다. 영사기의 불이 꺼지고 엔딩크레딧이 올라가도 우리는 한동안 자리를 떠나지 못한다. 지나가기를 바라는 것과 지난 것들 사이에 너와 내가 고여 있다.

제2장

섬, 이국

고등어

흰 접시에 날고등어가 담겨 나왔다. 굽고, 조려만 먹던 고등어. 회로 먹기 전엔 비린내가 먼저 떠올랐지만 고등어는 신선한 버터처럼 부드럽고 고소했다. 우리가 알지 못하는 다른 세계에서 온 야생의 비린내, 소리도 표정도 없는 생선의 유일한 저항 방식. 이것 좀 봐, 비키니무늬야, 즐거운 M은 고등어를 삼키며 소주를 마신다. 불쾌하고 과격해 때로 소주는 이맛살을 찌푸리게 만들었지만 쓴 술은 곧 고등어의 뒷맛을 정리한다. 그래서 소주는 그러나 같은 술이다. 접시에 담긴 등 푸른 생선의 새파란 줄무늬가 불빛을 받아 반짝거린다. 참기름, 소금 친 고소한 흰밥과 향긋한 김에 감싼 살진 고등어를 입 속에 넣자 기름지고 푸른 바다가 혀 위에 머물렀다 사라졌다. 바삭, 귀로 듣고 혀로 느끼면서 바다를 먹는 것이다.

신선한 물고기들은 바다 가까이 사는 작은 기쁨이어서 나는 많은 물고기들을 먹으며 섬의 언어를 배워갔다. 그러나 침묵하는 물고기처럼 자주 말을 잃었다. 비행기가 결항되면 망망대해, 그 바다 한가운데 솟아 있는 섬을 누구도 벗어날 수 없다. 우리에게 비밀의 바다는 두려움이자 매혹이었다. 나는 뽀띠바또작은 배, 라는 뜻의 프랑스 의류 브랜드의 티셔츠로 갈아입었다. 청스커트는 짙은 바다색이다. 새벽 두 시 십오 분, 유령들이 갑판을 배회하는 시간. 작은 배를 밀어 나아가네. 우리는 카약을 타고 해구 위에 떠 있었다. 수면 아래, 여태껏 보지 못했던 생명들이 가득했다. 바람에 부풀어오른 별들이 위태롭게 흔들리던 밤이면 유령들은 더러운 그믐달을 길어올려 씻는다. 유령선의 스테레오 라디오는 노래하네. '폭풍이 분다고 해도 우린 따듯할 거야. 파도 아래, 우리의 작은 은신처인 바다를 침대 삼아 우리 머리를 뉘일 거야. 동굴 가까이에 있는 문어의 정원에서.비틀즈, 〈Octopus's Garden〉 중에서' 표류의 시간 역시 유령의 시간과 다름없으나 우리는 무의미한 시간의 파편을 모험한다. 이윽고 횃대에 앉은 수탉이 길게 우는 새벽 다섯 시, 동터오는 범선에서 유령들이 오른손을 머리에 괴고 눕는 시간. 쏟아지는 정어리 떼를 우산으로 받치며 갑판을 배회하던 유령들은 우리를 향해 손을 흔들었다. 깨끗한 달은 바다에 잠겨가고 수면 아래 물고기들을 가만히 노려보는 자세로 앉아 있던 나는 뱃머리를 흔들며 튀어 올라 우리의 얼굴을 때리기 시작하는 파도의 뺨을 힘껏, 갈겼다.

귤

카페 유리창에 드리워진 포도넝쿨, 그리고 레모네이드. 여러 날 동안 그 너머 불 꺼진 빈 상점에 페인트공, 사다리, 목수, 벌거벗은 마네킹이 차례차례 등장했다. 며칠 후 어두운 쇼윈도에 서 있는 대머리 마네킹에 가발이 씌워지고 다음 날, 벌거벗은 마네킹에게 입혀진 것은 한복이었다. 간판에 불을 켠 가게에는 비단 상인들이 드나들었고 마네킹은 비단 한복을 자주 갈아입었다. 앞섶, 저고리, 사다리는 어느 겨울 한때를 떠올리게 한다.

귤밭은 해녀들의 가위질을 필요로 했다. 주렁주렁 열린 감귤들 때문에 섬은 서서히 가라앉고 있었으므로. 검정 태왁, 메마른 삼나무 낭, 모닥불 주위로 모여든 열두 개의 젖은 장갑들. 감귤나무 가지마다 해녀들의 얼굴들이 재빠르게 열렸다가 사라진다. 바다와 밭을 오가며 살아온 해녀들에게 새겨진 주름은 맑은 날엔 펴졌다가 눈 젖은 귤을 딸 때면 주름졌다. 물질하는 젊은 여자들은 더 이상 섬에 없다. 해녀 저고리가 고무 옷으로 바뀌는 세월 동안 숨비소리도 가늘어졌다고 했다. 그녀들은 너무 일찍 늙어버린 까닭에 할망, 대신 삼촌이라 부르기로 한 듯 서로를 노래하듯 부르며 이따금 육지로 날아가는 국내선을 향해 손을 흔들었다. 해가 이울어 집으로 돌아가야 하는 저녁 다섯 시, 귤나무 속의 마지막 해녀들이 작은 소리로 노래한다.

바다 가득 멜이 찬다. 집에 가자, 집에 가자.

바질

식료품점 선반에 늘어선 향신료들과 소스 중에서 연두색의 페스토는 여린 풀을 쑤어놓은 것 같은 색이었다. 그다지 먹음직스러워 보이지 않던 페스토의 맛이 궁금해진 것은 대학로의 극장을 빠져나오던 어느 여름 오후였는데 관객이 거의 없는 그 조용한 극장에서 화요일에만 상영하는 영화를 보는 것을 좋아했지만 극장은 곧 문을 닫을 예정이었고 그날 오후의 프랑스 영화가 그곳에서 본 마지막 영화가 되었다. 스크린 속에서 불안한 현실을 아슬아슬하게 비껴가던 여자는 불친절한 방에 도착한다. 그녀가 길에서 밤을 지내야 하는 히피들에게 가져다주었던 페스토 파스타가 담긴 접시는, 여자의 눈에 칠해진 아이섀도를 닮은 하늘색, 코파카바나의 색이었다.

코파카바나, 나는 그 푸른 지명을 발음한다, 브라질 리우데자네이루 남동쪽 대서양에 면한 해변 지구, 나 역시 이따금 코파카바나에 가고 싶다고 생각한다. 밀똥 나시멘뚜의 목소리를 가까이서 듣고 싶어. 무엇보다도 그곳에서는 밤새 춤을 출 수 있을 것 같아. 까에따누 벨로주, 투츠

틸레망의 하모니카, Travessia, 누가 이 노래의 뜻을 알려 줘요. '더 이상 정지하지 않으려는, 도로의 음색을 풀어'— 허밍뿐인 멜로디 라라, 그리고 지붕을 두드리는 빗방울. 호우주의보가 내린 축축한 섬은 바다 위에 떠 있다. 플라스틱 화분에 레몬밤, 바질 싹을 틔우고 키워 통통한 잎을 뜯어 먹었다. 치즈와 소스, 허브와 향이 나는 채소, 이런 것들을 믹서에 쓱쓱 갈거나, 절구에 콩콩 찧는다. 그러면 페스토가 된다. 향기롭고 독특한 풍미가 있다.

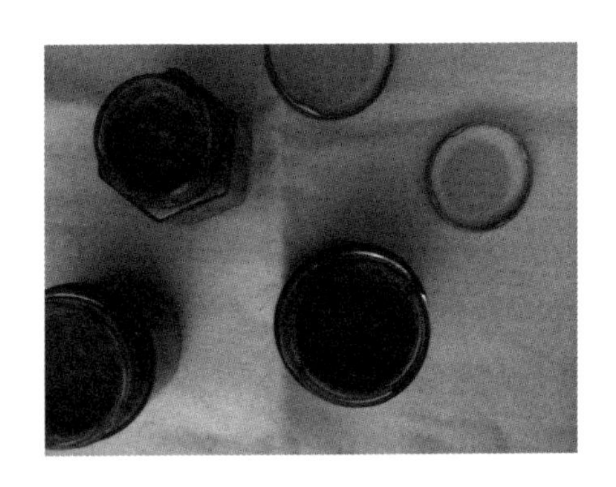

낮에 만들어 먹은 차가운 파스타는 삶은 푸실리에 치즈를 잘라 넣은 다음, 바질 페스토에 버무리기만 하면 되는 심플한 요리다. 향긋하고 고소해 여름오후의 가벼운 프랑스 영화처럼, 기분 좋은 맛이었다. 빵을 썰어 페스토를 펴바르고 꿀을 듬뿍 발랐다. 그 여름 날 피부는 벌꿀색으로 그을렸고, 갈까마귀가 지저귀는 플라타너스 해변을 걸을 때면 오른손에 든 소르베가 녹아내리곤 했다.

Recipe_1 바질 페스토

Procedure_ 바질과 에멘탈 치즈, 잣과 올리브오일, 바다소금 조금 믹서기에 넣고 섞는다. 마른 팬에 잣을 살짝 볶아 고소함을 더한다.

Ingredients_ 쑥, 버섯, 양파, 고수풀, 박하, 시금치, 미나리, 세이지, 타임, 회향풀, 고추, 참나물, 세이지, 로켓, 마늘, 로즈마리, 루꼴라 등 어느 것도 좋다. 올리브, 말린 토마토, 바닐라빈, 오렌지 쥬스, 된장, 겨자 같은 것도 조금. 캐슈너트, 호두, 마카다미아, 피스타치오, 밤, 아몬드, 개암 열매, 땅콩, 해바라기 씨처럼 고소한 것 한 줌.

Recipe_2 페스토 파스타 샐러드

Procedure_ 여행 중에 맛본 이탈리아 식료품점에서 반찬처럼 만들어 파는 파스타 샐러드. 맛이 무척 좋았지만 또 사먹기엔 비싸서 숙소에서 만들어 보았었다. 로켓과 잣, 프로슈토와 모짜렐라치즈, 방울토마토와 차게 삶은 펜네를 바질 페스토에 버무린다. 재료를 쉽게 구하기 어렵지만, 플라스틱 한 통 가득 냉장고에 차게 저장해두고 불요리 하기 싫은 여름에 꺼내 먹기 좋은 샐러드.

열빙어

물에 잠긴 바위를 지나, 샐러드와 열빙어 튀김을 만들어 테이블로 가져간 그곳은 파도 속에 반쯤 가라앉아 있는, 투명한 유리 거실이었다. 유리문을 닫고 돌아보았을 때 내가 만든 점심을 먹고 있는 A는 문을 열며 '세 시 반에 비가 올 거예요' 하고 말하였다. 그날 밤 그는 두 번 꿈에 등장했는데 돌아오지 않을 여행을 떠난다며 서점 가판대에 진열된 탁상시계를 골랐고, 늘 내가 물을 끓이던 찻주전자를, 하지만 무척이나 크게 변한 그 주전자를 어깨에 메고 있었다. 비가 내리기 전 우리는 해변을 함께 걷기로 했다. 꿈은 무척이나 생생하여 얇게 저민 양파의 젖은 촉감과 발바닥에 닿아 있던 모래 알갱이들의 감촉이 남아 있었다. 열빙어 튀김은 만들어본 적 없는 음식이었다.

꿈에서 본 A는 이국에서 서너 번 보았을 뿐이었다. 한 번은 그의 정원에서, 또 한 번은 축제 중인 서유럽의 거리에서였다. 그는 독일계 영국인이었으나 꿈에서는 한국어로 말하고 있었다. 정원을 아름답게 가꿀 줄 알았으며 많은 이야기를 가진 사람이었다. 흥미로운 것은 그가 적포도

주를 마시는 모습이었는데 한 모금 머금은 포도주를 혀에서 굴렸다가 다시 코로 올려보내 향기를 음미한 다음 삼키는 것이었다. 자신이 아는 한 남자는 포도주를 읽는다고 했다. 돌멩이가 많은 포도밭이었는지, 장미나무 울타리가 포도밭에 있었는지, 그해 여름, 비가 많이 내렸는지 하는 것들을.

나는 침대에서 일어나 트렁크에서 홍차통을 꺼내 티팟 가득 차를 우렸다. 이동식 응접실에 필요한 사물들이 트렁크에 들어 있었다. 여행용 램프와 버터나이프, 사용할수록 미세한 금이 번져가는 사발과 티벳의 꽃과 과일을 말려 만든 마리아쥬 프레르의 차, 아라베스크 문양의 작은 양탄자가 그것이었다. 그리고 작게 접은 슬픔들은 트렁크를 따라 이동하거나 사라져버렸다. 나는 동굴 벽화와 화집을 보면서 숲을 산책하는 몽롱한 기분으로 술을 마시다가 호크니의 그림 한 점David Hockney, 〈Breakfast at malibu〉을 발견했다. 꿈속 유리 거실과 닮은 그림은, 바다 한가운데 떠 있는 작은 배, 어지러운 갑판에 있는 것과 다르지 않은 현기증을 닮아 있었다. 나는 파랑, 속에 갇혀 있다. 거실 유리 바닥을 내려다보면 물 밑에 가라앉은 고래 뼈들, 해저 밑바닥에서 지느러미들이 싹을 틔우는 것이 보이고 해마와 산호초, 부리고래, 그중에서도 수직으로 헤엄치고 있는 앤드류 부리고래의 조용한 지느러미, 불가사리, 그 사이에서 모래에 박힌 나란한 꼬리지느러미들이 물결을 따라 흔들린다. 연어 조각을 흩뿌리면 상어들이 자라난다.

뱃머리에서 뛰어내리고 싶은 충동에 시달리던 나는 그 여름밤의 꿈을 '말리부에서의 아침식사'라 이름 짓고서 그림과 동굴을 지나 계속해서 걸어갔다.

해장국

밤이 지나간다. 해장국, 뜨겁고도 시원한 것. 뚝배기 안에 밥과 국과 고기가 다 들어 있다. H는 술에 취해 자고 가, 말한다. 지난주에도 처음 보았을 때도 그랬다. 다소 엉뚱하고 귀여운 구석이 있는 그 애는 내 남자친구의 남자친구인데 이따금 섬으로부터 버려진 것 같은 기분이 들면 우리 셋은 함께였다. 아무것도 하지 않을 자유를 즐기고 있던 우리는 외롭게 즐거웠다. 그러나 푸른 저녁을 닮은 쓸쓸함은 한낮의 태양 아래 희미해졌다가 밤이 되면 스탠드가 비추는 그림자를 따라 커지곤 했다. 석유를 사오겠다며 빈 석유통을 든 채 덤불 옆에 서 있던 H의 모습을 기억한다. 워터슈트가 걸린 그 집 마루에서 우리는 라디오 볼륨을 높이며 눈이 펑펑 내리고 있다는 도시를 질투했다. 이윽고 취기가 한기를 안는다. 무거워진 H의 목소리, 그 애의 입술에서 떨어진 자고 가, 잠깐만 자고 가 라는 말이 마루 바닥에 동그랗게 굴러다닌다. H는 이따금 서핑을 한다고 했다. 나는 부드러운 물결의 동굴이었다가 흰 포말의 숲이 되기도 하는, 밤의 파도 속에 들어 있다. 그리고 아직 물때표를 읽지 못한다.

식당에서 소뼈 해장국을 떠먹고 있는 빨간 얼굴들을 보았다. 뚝배기에는 선지와 빗자루처럼 생긴 내포가 듬뿍 들어 있었다. 너무해, 내가 먹을 수 있는 고기가 하나도 없어, 술 취한 내가 혼잣말을 하자 수저 위에 살그머니 올라온 깍두기. 썰물처럼 사람들이 식당을 빠져나가면 서울의 밤도 퇴근한다. 우리는 이따금 도시상점의 불 밝힌 조명들을 그리워했다. 이 집 해장국이 없었더라면 여기 없었을지도 모르겠어, 야자수가 보이는 해장국집에서 H는 중얼거린다. 섬은 아름답지만 견뎌야 하는 곳처럼 느껴진다. 하지만 우리는 이곳을 견딜 수 있는 일상의 순간들을 여럿 가지고 있다. 내게 그것이 오전 열한 시경, 마당에 널린 바삭하게 마른 하얀 이불의 냄새였다면 H에게는 아침의 해장국이었을 것이다. 이제 나는 더 이상 그들을 만나지 않는다. 그러나 알 것 같다. 자고 가, 잠깐만 자고 가, 라고 말하던 그 순간은 나는 외로워, 그리고 너의 외로움을 이해해, 라는 말이었음을. 마루를 사이에 두고 우리가 잠드는 밤이면 보이지 않는 외로움 세 개가 나란히 이어져 있었다. 우리는 떠내려가지 않으려고, 손을 꼭 잡은 세 마리 수달이었다.

오리고기

오리들이 유리창에 주렁주렁 매달린 중국 식당에 들어간 우리는 화덕에 구운 오리고기와 중국식 수프를 주문했다. 눈 내리는 바깥을 물끄러미 바라보던 너는 사케가 담긴 도자기 잔을 만지작거렸다. 그날 오후 우리는 목각으로 만든 오르골을 골랐죠. 여름이지만 오르골 가게를 떠올리면 우리가 즐겨 입었던 검정 외투가 생각나요. 어느 날 오래 사라진다면 당신 그림 속이어도 좋겠어요, 나는 그에게 달걀을 건네며 멜론색 전등, 하고 중얼거린다. 그러고는 꽃과 동물로 음각 장식된 사발을 들어 얼굴을 가렸다. 천장은 녹아내리는 얼음이었다가 파도가 되었다. 물결치는 파도 속으로 돌고래 떼들이 날아올랐다. 꿈은 파랗게 무섭고 아름다워 나는 수첩을 더듬어 꿈을 메모하고 옅은 잠 속에 엎드렸다.

보말

검은 바위를 디디며 바다 속으로 들어가면 그곳은 또 다른 세계였다. 마치 깨어서 꿈을 꾸는 느낌이었다. 숭어, 범돔, 자리떼들이 곁을 지나가는 물속에서 보말들은 껍질을 이고 이끼 낀 바위를 구른다. 빛을 내는 물고기들과 모래 속에 몸을 반쯤 파묻고 있는 도미도 보았다. 보라색 꽃봉오리 모양, 생강향이 나는 채소. 시장에서 사온 양하는 처음 보는 채소였다. 일본에서는 많이 먹으면 건망증에 걸린다는 속설이 있다고 한다. 언젠가 양하 장아찌를 맛봤을 때 산뜻한 숲의 향기가 입 속에 퍼졌었다. 잘게 다지고 간장으로 절여놓아서 이처럼 양하가 꽃을 닮은 채소인 줄 몰랐었다. 태양이 뜨거운 여름의 한낮, 양하 피클과 복숭아 절임을 만들었다. 소스팬에 물, 설탕, 복숭아 넣어 끓이다가 투명하게 익은 복숭아를, 나는 잊고 싶은 것 없이 여름의 섬을 누비며 숲과 들을 유리병에 담는다. 그리고 태양이 물속으로 가라앉기 전에 다시 여름의 물속으로 들어간다. 저기 복어가 지나간다. 복어는 몸을 부풀리며 보말로 뒤덮힌 바위 틈으로 사라졌다. 바위 입구에서 사납게 생긴 학꽁치가 뾰족한 주둥이로 나를 제지했지만 녀석을 향해 두 뺨을 부풀리자 꽁치 녀석은 바위 안으로 나를 들여보내 주었고 해초를 뜯어먹던 복어들은 나를 위협하려는 듯, 이를 갈았다. 사케 속 지느러미는 복어 지느러미예요, 너는 말했었지. 그 겨울, 초저녁이었는데도 펑펑 쏟아지던 첫눈 때문에 거리는 온통 잿빛이어서 트렁크를 끌고 어디든 가야만 했어. 르 꼬르뷔지에스위스 태생의 프랑스 건축가, 르 끌레지오프랑스 소설가, 취한 우리는 이 섬을 좋아한다는 그 이름을 기억해낼 수 없었죠. 돌고래들은 부풀어오른 복어를 입에 물고 주고받으며 화난 복어가 내뿜는 복의 독의 환각을 즐긴다. 두 시간 늦게 도착한 르 끌레지오는 빌라 사보아르 꼬르뷔지에가 설계한 건축물의 문을 두드렸지만 르 꼬르뷔지에는 익사체로 발견되었고 빌라 오로라1982년에 출간된 르 끌레지오 소설에 등장하는 장소와 빌라 사보아 모두 덩굴풀로 뒤덮였다.

배가 고플 때까지 우리는 헤엄쳤다. 보트는 어둠에 잠겨 있을 것이다. 선실에는 보말 죽이 냄비에 담겨 있을 것이다. 껍질 발라낸 보말과 참기름 친 쌀을 뭉근히 끓여낸 부드러운 죽 한 그릇. 수면으로 올라온 나는 바위를 껴안는다. 달빛을 받아 검게 빛나는 바위는 백사장에 떠밀려온 먼 나라의 술병들, 케이크의 이름을 연상시키는 크노크 르 주트 블랑켄베르그 같은 휴양지의 이름들과 보석이 빠진 피라미드 형태의 반지와 청동으로 만든 사티로스, 향로의 표지 같은 것을 떠올리게 한다. 나는 젖은 바위에 앉아 검은 해변 가득 피기 시작하는 밀랍꽃을 지켜보았다.

태양이 물 속으로 가라앉기 전에
다시 여름의 물속으로 들어간다.

레몬

나는 야생 로즈마리가 무성하게 번져 있는 버려진 정원과 멸치 떼가 썰물에 떠밀려오는 자갈 해변을 알고 있대문 앞에 오래 서 있던 늙은 동백나무는 겨울마다 꽃을 피우고 떨구는 것을 반복하며 고개를 떨군 얼굴들과 그것의 슬픔을 닮아 툭, 하고 떨어지는 동백꽃과 대문 안 얼굴들을 기억했다. 동백열매는 기름을 짜서, 등불을 켜는 데 쓰였다. 머릿기름으로 바르는 해녀들도 있었다. 대문은 서풍에 녹이 슬었다.

돌담 골목 끝, 동백나무 그늘 아래, 침묵하는 빈집 마당에 비스듬한 자세로 서 있는 목각 말의 등 위로 햇살이 미끄러진다. 나는 그 버려진 정원을 빌려 작은 식당을 열고 싶다. 텃밭에서 키운 채소를 곁들여, 느리고 신선한 아침식사를 차리고 싶다. 여름밤에는 느티나무 아래 탁자를 두어, 서귀포 살구술 같은 이름을 붙인 과일로 빚은 차고 맑은 술을 내었으면 한다. 나는 시트러스 열매를 좋아한다. 그중에서도 레몬을 바라보거나 얼굴 가까이 가져와 냄새를 맡거나 즙을 내는 순간의 상큼한 향기를 좋아한다.

나는 그 낡은 집을 고쳐 백토를 펴 바르고 모과나무로 짠 식탁과 이인용 소파를 놓아두고 날씨와 계절에 따라 달라지는 오늘의 요리를 만들며 레몬을 아끼지 않은, 마실 것과 먹을 것을 식탁 위에 차려내고 싶다. 섬세한 레몬맛이 도는 매끄러운 석화, 머랭이 감미롭게 혀에 감기는 레몬파이, 식사 후 입안을 정리해 주는 상큼하고 쌉쌀한 레몬 에스프레소, 심플하지만 깊은 맛을 내는 벨기에식 홍합스튜 같은 것.

모직코트를 입은 조용한 당나귀가 앉아 있다. 목도리만큼이나 조용해 보인다. 눈을 털며 들어온 네가 홀로 식사를 하면 나는 빵을 썰게. 눈이 내리면 무쇠냄비로 스튜를 만들지. 잠든 말의 눈꺼풀이 열려 내게 꼬리를 흔들면 내 포니테일도 흔들리지. 어느 날 당신이 버려진 정원 같은 마음이 되었을 때 모과나무 식탁에서의 저녁이 위로가 되었으면 한다. 그런 밤이면 당신에게 비밀의 해변으로 가는 길을 알려주고 싶다. 그런 밤이면 지나간 아름다운 날들처럼 밤하늘 가득 별들이 빛났으면 한다.

아강발

먼저 도착한 뽐므는 코스모스 들판에 서 있었다. 태양을 닮은 대관람차에 오른 우리는 바다를 내려다보았다. 멀미가 날 것 같아. 촉촉한 콧등을 부비는 개를 껴안았다. 목덜미를 덮은 크림색의 털이 부드러웠다. 우리는 바다로부터 벗어나 공중에 매달렸다. 바다는 무시무시하고 아름다웠어. 도넛처럼 말린 개의 꼬리가 수평으로 펴지는 것을 처음 보았다.

나는 개를 집에 혼자 두고 사흘 동안이나 서울에 다녀왔다. 개는 태풍 오던 밤 홀로 집 안에서 시간을 보냈다. 이제 뽐므는 여섯 살이 되었다. 새끼 곰을 닮은 개의 주둥이는 검고 둥글었다. 시바이누 종인 개는 경비견 역할을 톡톡히 한다고 했지만 개는 여섯 달이 다 되어가도록 짖는 법이 없었다. 벙어리 개처럼 굴며 다소 못생긴 여우를 닮은 모습으로 커다던 개는 어느 가을 오후, 툭 떨어지는 모과 소리에 놀라 갑자기 대문을 향해 소리를 내었는데 야호, 와우, 워우에 가까운 외마디 소리였다. 성견이 된 개는 영리하게 기척을 구분했다. 뾰족한 귀를 곤두세우고 수상한 기척이 나는 방향을 향해 보이지 않는 위험으로부터 집을 지키겠다는 듯 어리숙하면서도 충실하게, 때로는 성의 없이 짖어대었다. 겨울이면 털이 수북해졌으나 추위를 몹시 싫어해 스토브 앞을 차지하고 졸던 개는 종종 수염이 몇 가닥 타 있거나 주둥이털이 검게 그을렸다.

온순하기 그지없던 개는 여러 해 전 처음으로 반항했는데 아강발의 뼈를 남자친구에게 빼앗겼기 때문이었다. 새끼 돼지의 발을 푹 삶아 기름지게 씹히는 맛이 좋은 아강발을 앞발 두 개로 꾹 누르고 있던 개는 뼈고기를 빼앗기지 않겠다는 의지를 드러낸 이빨로 표현했다. 쪼끄만 이빨을 드러내며 낮은 소리로 으르렁거리는 그 순간 개는 잠시 들개이자, 화를 내는 작은 여우였다. 그러고는 우리가 개의 이빨들을 세어보기도 전에 입을 닫았다. 귀여운 반항을 우습게 끝낸 개는 소철 근처를 어슬렁거리다가 앞발로 흙을 팠다.

개의 사흘은 스무한 날이었다. 태풍이 섬을 휩쓸던 그 하루는 일주일이었다. 작은 개가 혼자 있는 시간을 즐겼는지, 견뎠는지는 알지 못한다. 나는 혼자가 아닌 것을 견딜 수 없다. 가까운 사람이 혼자여도 그다지 상관없다. 그러나 뽐므만은 혼자 내버려두고 싶지 않다고 생각한다. 고개를 숙이고 사료를 씹던 개는 사료 알갱이를 한 개, 두 개, 여러 개, 바닥에 떨어뜨린다. 원망을 표현하는 유일한 방법이다. 도그빌, 그처럼 잔인한 곳은 아니더라도 암흑과 같아지는 수상한 밤에는 불을 끄지 못하였다. 이 작은 개가 나를 지켜주는 것처럼 느껴진다. 개는 기다림의 동물이고, 기다림은 줄에 묶인 시간이고, 시계 바늘은 마모되거나 정지하고, 시간은 그 무엇도 기다려 주지 않으며 개의 시간은 사람의 일곱 배로 흐른다.

뽐므는 질주한다. 까만 콧등을 언덕을 향해 치켜든 채, 이제는 희게 바랜 수염 몇 가닥을 흩날리며 철없던 강아지의 망설임 없는 도망을 재현한다. 개는 익숙한 하염없음을 향해 컹, 짖었다. 내게 달려오는 개를 향해 두 팔을 활짝 펼쳤다.

시간은 그 무엇도 기다려 주지 않으며 개의
시간은 사람의 일곱 배로 흐른다.

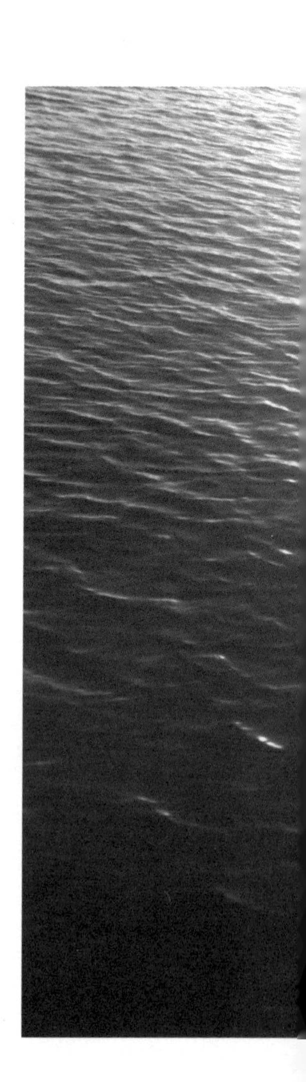

거북손

크렘뷜레 주세요, 말했는데 크럼블이 접시에 담겨 나왔었다. 원피스에 묻은 얼룩이 신경 쓰이던 그 아침은 낡은 호텔을 개조해서 만든 빵가게에서였던 것으로 기억한다. 계산을 치르고 나오면서 그곳의 주소가 적혀 있는 붉은 책갈피를 가져왔는데 오후에 책을 읽다가 책갈피와 함께 M의 편지를 발견했다. 군데군데 고친 흔적이 있지만 단정한 필체로 써내려간 편지는 마루에서 맥주를 마시던 우리가 아무렇게나 낙서를 하다가 말린 라벤더 한 다발을 올려두었던 그 종이에 아마도 어느 오후쯤 낮은 탁자에 앉아 편지를 썼을 것이다.

바다에서 M이 채집해온 거북손은 비릿한 소금 냄새를 풍겼다. 거북의 발을 닮았다고 해서 거북손이라 불리우는 갑각류의 딱딱한 껍질을 우리는 앞발을 사용해 먹이를 먹는 맹그로브 숲에 사는 들짐승처럼 깨물었다. 바다거북은 멸종을 연상시키고, 멸종 되어가는 동물들은 막연한 서글픔을 불러일으킨다. 갈라파고스 코끼리거북 조지의 죽음과 베를린 동물원 연못에서 익사체로 떠오른 북극곰 크누

트, 크레바스에 갇힌 북극곰, 북극곰들은 동물원에서 미쳐 가고 언제부터인가 나는 동물원에 가지 않게 되었다. 갈라파고스, 그 곳에는 푸른발 부비가 산다. 암컷에게 자갈을 선물한 부비는 푸른 발을 뒤뚱거리며 춤을 춘다.

우리는 맨발로 점심을 먹었다. 카약과 워터슈트는 아직 젖은 채였다. 딸기 소르베, 눈의 결정을 닮은 달콤하고 차가운 얼음 알갱이, 우리는 탁자에 마주앉아 소르베를 떠먹는다. 여름처럼 웃고 싶어. 어지러운 딸기 냄새, 나는 딸기를 베어 먹다가 소르베를 떠먹다가 딸기를 입에 물고 있다가 소르베를 다 먹고 나서, 입술에 물든 딸기즙을 손가락으로 문질렀다. 그날 M은 카약을 타고 멀리갈 수 있을

만큼 먼 바다까지 다녀왔다고 했다.

라벤더가 우거진 마당으로 나간 우리가 달콤한 정원의 냄새를 들이마시며 허브를 꺾어 꽃다발을 만들고 있을 때 갈라시아 남자들은 페르세베거북손을 일컫는 스페인어를 채취하기 위해 로프에 몸을 의지한 채 목숨을 걸고 바다로 나선다. 그리고 우리는 그날 먹다 남긴 작은 거북손들이 바위에 붙어 자라기까지 60년의 시간이 걸렸다는 것을 알지 못했다. 우리는 맨발로 모래사장을 걸었다. 카약과 워터슈트는 영원히 젖어 있었다.

유채

술과 함께 꽃과 생선을 차렸다. 비자나무 숲에서 꺾어 온 유채 한 묶음이었다. 흰살 생선에 레몬즙과 올리브오일, 발사믹을 섞은 소스를 끼얹고 유채꽃을 흩뿌렸다. 그리고 접시에 담아 바닷가 집으로 가져갔다. 사전에서 유채가 스칸디나비아 반도와 시베리아, 카프카스 지방에서 온 꽃이라는 것을 알게 되었다. 줄기째 데친 유채를 된장으로 간하고 들기름 살짝 쳐 나물로 무쳐낸다. 얇게 슬라이스한 양파와 꽃과 이파리는 샐러드로 만들어 생선 요리에 곁들이면 아삭, 상큼한 향기가 입안에 퍼져 즐겁다. 접시 위의 꽃들이 우리 입속에서 다시 피었다. 일어선 남자친구가 싱

크대 앞에서 다시 무언가 먹을 것을 만들기 시작한다. 문어는 작고 빨갰다.

Recipe_1 유채 샐러드

Procedure_ 얇게 슬라이스한 양파는 물에 담가 매운 맛을 없앤다. 유채 잎을 손으로 뜯어 양파를 섞는다. 간장, 꿀, 레몬즙, 식초, 섞어 드레싱을 뿌려낸다.

Recipe_2 유채 파스타

Procedure_ 깊은 냄비에 물을 넉넉히 붓고 끓으면 링귀니와 소금을 넣고 7~8분 삶는다. 링귀니가 거의 익어 가면 달군 팬에 오일을 두르고 마늘로 향을 낸다. 링귀니가 먼저 삶아졌다면 체에 밭친 뒤 올리브오일에 버무려 놓으면 면이 퍼지지 않는다. 팬에 여린 유채를 살짝 볶고, 바지락살이나 베이컨, 링귀니와 함께 볶는다. 페페론치노를 부셔 섞는다. 파스타가 담긴 접시에 후추를 뿌리고 에멘탈 치즈 덩어리를 슬라이서로 얇게 썰어 올린다.

초밥

처음으로 함께 떠나는 여행인데도 시속 120킬로미터로 달리는 두 시간 내내 굳은 표정으로 운전대만 잡고 있는 남자친구 때문에 조수석에서 앉아 있던 나는 시무룩하게 있다가 잠이 들었다. 자정이 다 되어 바다에 도착한 우리는 키스하고 해변을 걷고 새우를 굽고 소주를 마셨다. 나중에 알게 되었지만 그는 그날 밤 처음 차를 몰았다고 했다. 그리고 우리는 난폭하게 커브를 도는, 브라우니 냄새가 희미하게 시트에 밴 자동차를 타고 낮과 밤의 드라이브를 즐겼다. 나는 그가 속력을 내기 시작하면 자주 잠들곤 했는데 세상에서 멀리 떨어지고 싶어 하던 내게 그가 운전하는 자동차의 조수석은 세상의 경계를 향해 달려가는 의자였다. 그때 그는 내가 지구에서 사랑하는 유일한 한 사람이었다.

생선차가 지나간다. '방어 삽서, 방어. 싱싱한 방어 삽서'. 비에 젖은 시가지는 우타가와 히로시게의 목판화를 닮은 곳이었다. 친절하게 남겨진, 그러나 추억이라 부르고 싶지 않은 기억. 생선들은 츠키지 시장에서 사온 것이

라 했다. 끝없이 먹을 수 있을 것만 같았던 초밥은 열일곱 접시에서 멈추었다. 생선들은 붉고 흰 것과 상관없이 모두 매끄러운 질감을 지녔고 담백하면서도 기름졌다. 천천히 돌아가는 초밥 벨트, 생선초밥을 고르면 술잔에 채워지는 따끈한 사케, 매화가 그려진 사케잔을 부딪히다 서로의 손등이 닿으면 체온은 조금 올라가고 차가운 밤이 내렸다. 그러나 시간이 흐를수록 희미해지는 것을 견디기 어려웠던 나는 그에게서 등을 돌렸다. 마지막으로 보았던 그 모습을 기억한다. 멈추어 돌아보자 인파들 속에서, 우리가 작별을 나눈 그 자리에서 마치 커다란 마침표처럼 서서, 손을 흔들고 있었다. 그 미소가 늙어 있어 눈물이 가득 고였다. 나는 잠시 걸음을 멈추었다가 시야에서 사라질 때까지 내 모습을 바라보고 있을 그 사람의, 뒤돌아 바라보지 않아도 볼 수 있는 그 눈동자의 슬픔을, 가만히 읽으며 걸어갔다.

아귀

해체되어 상에 오르기 전 아귀들은 대부분 입을 벌리고 있는데 몸의 절반은 입이고 이빨은 몹시 날카롭다. 비통한 표정을 짓고 있는 심해 아귀의 몰골은 흉측하기 그지없다. 어둡고 깊은 심해에는 빛이 전혀 들지 않기 때문에 돌기에서 빛을 내는 녀석들도 있다. 으슥한 바위 뒤에는 해구에 사는 먼지떨이를 닮은 물고기들과 어울려 지나가는 물고기들에게 침을 뱉으며 시비를 거는 사나운 아귀들이 숨어 있을 것 같다. 아귀는 주로 바다 밑바닥에 납작하게 엎드려 있다. 낚싯대 모양의 돌기로 먹이를 유인해 먹이가 오면 큰 입을 벌려 순식간에 잡아먹는데 바닥에 떨어진 것도 주워 먹고 가끔 갈매기도 잡아먹고 심지어는 야채도 잘 먹는다. 아귀가 식탁에 오르기 시작한 것은 불과 삼, 사십 년 전이고 어부들은 아귀가 그물에 걸리면 바다에 던져버렸다고 한다. 흉측하고 별 맛이 없었기 때문이다. 그러나 한 어부가 부둣가 식당 주인에게 술안주로 만들어 달라고 부탁한 아귀 요리가 인기를 끌기 시작하면서 사람들은 아귀의 못생김을 잊어갔다. 어부들은 아귀찜 한 접시를 앞에 두고 쌉싸래한 미더덕이 입안에서 탁, 터질 때 술잔을 들었다.

테이블 네 개뿐인 포구 식당에서 뱃사람들이 소주를 마신다. 산 중턱에 구름이 두텁게 띠를 두르면 큰 비가 온다고 하자 침묵이 흘렀다. 반찬은 물김치, 부추 나물, 양파 장아찌, 무미역초무침이다. 생아귀를 쪄 콩나물, 미나리와 양념한 아귀찜은 매콤하고 시원하고 담백하다. 콩나물과 생선살을 함께 깨물면 아삭, 포근하게 씹히는 식감과 어우러지는 감칠맛이 좋다. 문득 아귀 못지않게 못생겼으나 녀석들과는 다르게 귀여운 구석이 있는 몰라몰라mola mola, 개복치의 학명. 라틴어로 멧돌을 뜻한다. 들이 거대한 타원형의 몸을 비스듬하게 수면에 누이고서 대서양을 떠다니는 것을 떠올리다가 콩나물 틈에서 뾰족한 아귀의 이를 발견했다. 그것은 흘러내릴 듯한 모습을 지닌 아귀를 다시 떠올리게 해 낚싯줄에 걸린 거대한 아귀에게 머리가 삼켜진 사람을 상상하게 만들고 마는 것이었다.

어둡고 깊은 심해에는

빛이 전혀 들지 않기 때문에

성게

성게는 조개껍데기를 이고 몸을 숨긴다. 고래는 해면을 머리에 쓰고 성게를 잡아먹는다. 바위에 콕 틀어박힌 성게를 캐서 스푼으로 떠먹었다. 밤송이처럼 보이는 성게들은 밤이 되면 바다 밑바닥으로 굴러가 해초를 뜯어먹는다. 크림처럼 질감이 부드러운 성게 알은 사실은 성게의 내장이다. 어부들이 상온의 소주를 즐기는 이유는 아마도 찬 술이 바다의 풍미를 덮기 때문인 것 같다. 술의 온도를 바다와 같은 온도로 마시는 것이다.

저녁으로 우리는 마끼를 만들어 먹었다. 일본식 스시 소스에 흰밥을 비벼 아보카도와 성게, 오이와 달걀을 넣고 김을 말아 그렇게 늦은 저녁식사를 마쳤다. 비가 오면 좋겠어, 비가 내리네, 비가 올 것 같아. 바람대로 열흘 동안 쉬지 않고 비가 내려, 해변으로 떠밀려온 플라밍고와 짐승들을 볼 수 있었다. 그것들을 줍느라 여러 모양의 가시들이 손가락마다 박혔지만, 아프지 않았어. 우리의 목은 길게 자라고 비닐 백 가득 검은 성게들이 담겨 있었다. 비를 흠뻑 맞고서 있던 나는 해변으로 달려가 꿈의 얼룩을 지웠다.

압생트

정원용 테이블은 파리의 모노프리라는 슈퍼마켓 체인점에서 산 것인데 의자와 한 쌍으로 접을 수 있는 형태이다. 포콩의 사랑의 방, 그 사진의 배경은 아마도 파리 13구 어느 아파트일 것이다. 그렇게 느껴진다. 방은 텅 비었다. 퐁쥬의 테이블이 도착했다는 전화를 받았다. 또 그 거리에는 떵 프헤라는 중국 식료품점이 있다. 그곳에 두부와 바나나를 사러 가야 한다. 그들이 도착하기 전에 포콩의 방에 들러 푸른 방의 창가와 불행한 아기네스의 네 번째 방, 세면대가 있던 자리에 나의 토넷체어와 테이블을 배치했다. 뭉개진 한 덩어리의 밀푀유, 슬픔에 빠진 채 젖어 있는 지붕들. 새벽 한 시의 알리스는 얼굴을 씻었다. 코코넛, 바닐라, 피스타치오, 장미, 초콜릿, 라즈베리, 그들은 베기네스(Bégines) 거리의 과자가게에서 마카롱을 고르고 테이블러너를 펼쳐, 테이블에 그것들을 늘어놓고 파스텔 색의 과자를 재미있게 깨물었다. 비스킷 사이에 가나슈, 버터크림, 잼이 채워져 있는 아름다운 과자. 회향풀, 쓴 쑥으로 빚은 술의 향기가 흘러나와 코끝에 내려앉는다.

압생트 한 병이면 여섯 시간 동안 행복할 수 있어. 스푼에 각설탕을 얹고 술을 부어 불을 붙인다. 초록색 불을 입으로 뿜어낼 수 있었음에도 장은 그렇게 할 수 없었다. 독주는 아슬아슬한 밤으로 가는 급행열차였다. 독주는 아슬아슬한 밤으로 가는 급행열차였는데 그날 밤 내리던 첫눈은 녹색이어서 신경질을 부리던 알리스는 눈송이처럼 흩날려 아이슬란드 말구유, 포니테일 알리스, 머리를 빗지 않는 알리스, 말구유라는 단어는 낯설어 얼룩말, 발음해보았기 때문이었다. 알리스의 초록색 브래지어가 벗겨지고 아니스 향기가 어떤 것인지 모르겠지만 목덜미 냄새와 비슷한 향기일 것 같았다. 적도를 지난 그들은 서로의 밤 속으로 들어가 꿈을 수놓는다. 로비에서 아코디언을 켜는 남자 곁의 검은 개가 조용히 제 몫의 흰 빵을 먹고 있었는데 연주를 멈춘 악사로부터 묵직한 자물쇠를 건네받아 긴 복도 끝의 방을 열었다. 둥근 지붕들로 둘러싸인 꿈속의 방은, 여러 해 전 투숙했던 지붕 속의 방이었다. 너는 창가로 걸어가 오르골의 태엽을 감는다. 멜로디를 따라 입을 벌린 회전목마의 말들이 빙글빙글 돌다 멈추었다. 꿈이라고 생각해, 나는 품에 파고들며 중얼거린다. 다시 발기한 너의 성기가 내 안에 들어와 부드럽게 움직였으나 투명한 슬픔은 거울 안과 바깥에 달리 있어, 거울에 비친 나는 혼자였다. 나의 슬립은 그랑블루, 머리카락이 파랗게 변했지만 울지 않았다.

제3장

환상

밀크잼

러시아 식료품점에서 사온 찻잎으로 밀크잼을 만들며 페름 숲의 이끼를 말려 만든 차였으면 좋겠다고 생각한다. 찻잎은, 축축한 숲을 거닐고 있는 노루의 사향 냄새, 드넓은 들판의 마른 풀을 적시는 초겨울 비, 북해도 료칸에 갇혀 있던 사슴의 검은 눈동자, 그런 것들이 연상되는 향기이다. 혼자 오셨다면 방을 내어주기 곤란해요. 료칸의 주인은 혼자 온 여자들이 목숨을 끊는 것을 더 이상 목격하고 싶지 않으나 결국 이번만 예외라며 도쿄에서 비행기를 타고서 홀로 그곳을 찾은 여자를 방으로 안내했다. 허공과 지상의 경계가 눈으로 지워지는 고요한 눈의 나라, 우리는 그곳에 함께 있었다. 소파에 앉아서 그들의 대화를 듣고 있던 나는 깊은 숲의 그 고급 여관이 자살을 위해 존재하는 완벽한 장소처럼 여겨졌다. 미지근하게 식어버린 녹차가 담긴 컵을 만지작거리면서 잠시 그녀의 고독을 부러워했다. 설국이 가까이 있었다. 두 명의 여자들이 이불을 펼치고 돌아간 객실은 은밀하고 청결했으며 작은 정원과 개인용 온천이 딸려 있었다. 하얀 이불이 펼쳐진 다다미 방에서 유카타를 벗은 우리도 눈의 일부가 되었다. 곧 달콤

한 잠의 나락에 빠져든 우리는 어쩌지 못했던 불면과 새벽을 지나 아침에 도착한다. 조용한 목욕이 기다리고 있는 아름답고 비싼 잠이었다. 여기, 미지의 침대, 부재의 장소에서 나는 잠을 잃었다. 블렌딩을 알 수 없는 러시아 찻잎은 우유 거품과 함께 솟구치다 가라앉기를 반복한다. 나는 마스코바도를 우유에 붓고 얼그레이 상자의 상품설명서를 찬장에서 꺼내 읽으며 좀처럼 졸아들지 않는 우유들을, 지긋지긋해지기 바로 전까지 지겨워하면서 나무 주걱으로 저었다. 사모바르러시아에서 물을 끓이는 데 사용하는 주전자의 먼지를 닦아 주겠니, 오렌지 껍질은 알바니아에서 온 것이에요. 아니면 이 지겨운 우유 젓기를 대신해줄래, 나는 문득 울고 싶어져서 얼굴을 감싸쥐었다.

인형 속 열일곱 개의 인형들, 마트료시카나무로 만든 러시아 인형. 체르냐홉스크, 상트페테르크, 두브나, 드미트로프, 이반고로드. 인형들로부터 걸어 나온 마트료시카는 러시아의 지명들을 읽어내려가기 시작한다. 콜로콜로리테이쉬키 페레콜로틸리 비카랍카프시흐샤 비후홀레이(kolokololiteyshchiki perekollotili vikarabkavshisya vibuholey)블라디미르 나보코프의《말하라, 기억이여》중에서. '교회종의 주종공들은 기어 나오는 물쥐들을 때려죽인다'라는 뜻의 러시아어. 거리를 향해 활짝 열린 직사각형 창문 너머에 사람들이 날아다니고 있었다. 스산한 이국의 도시에서 불안한 표정으로 외투를 여미며 걷던 사람들이 허공에 흩어져 팔다리를 허우적거렸다. 그리고 둥글게 무너지기 시작하는 나무바닥으로부터 뒷걸음질 쳐 어쩌지 못하고 벽에 등을 기댄 채 허공으로 빨려들어가는 사람들을 보고 있던 나는. 꿈속에서도 꿈 밖에서도 혼자여서 거세게 뛰는 심장을 누르며 꿈의 입구에 서 있었다. 나는 머리를 올려 묶고 부드러운 곡선을 가진 유리컵에 차가운 액체를 가득 따랐다.

Recipe_ 밀크잼

Ingredients_ 생크림 200ml, 우유 250ml, 설탕 80g

Procedure_ 재료를 모두 냄비에 담고 끓이며 나무 주걱으로 거품이 생길 때까지 젓는다. 중간불에서 약불로. 끓어 넘칠 수 있으니 큰 냄비에. 거품이 생기면 약한 불에서 우유를 졸인다. 우유의 색과 점도가 변하면 불을 끄고 식혀, 뜨거운 물로 소독한 병에 담는다.

송어 스튜

들판은 활주로였다. 비틀거리며 비행기에서 내린 짐승들은 들판으로 흩어졌다. 눈보라 속에서 부서진 마카롱 상자를 껴안고 있는 내게 저것은 브노이농, 이야. 넓게 펼쳐진 암갈색 뿔, 멋대로 자란 유실수 뿌리를 연상시키는 낯선 짐승을 가리키며 누군가 낮게 속삭이던 것을 기억한다. 어느 한겨울 밤, 그것은 꿈이었을까. 동굴 입구로 걸어나간 푸른 수염의 남자는 익숙한 솜씨로 양털을 깎는다. 있으나마나 하지만 있는 듯 없는 듯 자랐군요, 양은 남자의 수염을 바라보며 중얼거린다. 미네소타는 영하 40도를 기록했고 시카고 동물원의 북극곰들은 한파를 피해 실내로 옮겨지던 겨울이었다. 목장의 양들은 스스로 털갈이를 할 수 없게 되어버린 지 오래였으며 슬픈 진화로 인해 새로운 종이 되어버린 듯 거대한 털 뭉치에 파묻힌 떠돌이 양은 피곤한 몸을 옆으로 뉘었다.

슈바르츠발트독일 남서부에 있는 숲. '검은 숲'이라는 뜻에 머물던 그들은 증기선에서 게으르고 무용한 날들을 보내며 북쪽 도시들을 여행 중이었다. 비웃기 좋은 것 중에 수염만 한 것

이 없지만 당신 수염은 마음에 들어. O의 수염을 가볍게 잡아당긴 그녀는 말린 살구와 건포도, 송어가 끓고 있는 스튜 냄비에 사프란 가루와 광대버섯을 흩뿌렸다. 이윽고 그들은 환각의 경계를 건넌다. 여름이면 나체주의자가 되고 마는 남자는 이미 여름으로 건너가 파라솔 아래 누워 있는 남자의 푸른 수염을 여자는 꽃으로 장식한다. 양은 죽었다더군. 이상한 밤이 이어지고 있었다. 향신료 장수는 가죽 소파의 팔걸이 네 개를 닦고 나서 사프란 상자에 담배를 비벼 껐다. 농장에서 탈출해 동굴에서 숨어 지냈던 은둔자, 그리고 야생으로 되돌아가 뿔을 되찾은 용감한 초식동물. 봄이면 산양의 뿔은 뿔 자리로부터 떨어져 나가고 다시 새로운 뿔이 돋아난다. 이제는 생물들의 박제가게에서 가젤과 뿔을 겨루는 자세로 서 있는 그 고독한 동굴의 주인을 브노이뇽, 이라 부를 수도 있을 것이다. 그 곁에는 레몬색 카나리아 한 마리가 새장 문을 닫는 것을 볼 수 있다.

복숭아

나는 바구니에서 복숭아를 꺼내먹으며 복숭아의 언어로 말을 하고 복숭아가 되었다가 작약이 되어 비를 뚝뚝 흘렸다. 복숭아를 이해하는 방식으로 세계의 질서를 거부하고 너는 복숭아를 원하는 방식으로 나의 거실에 입장한다. 세상의 모든 복숭아만큼 너를 좋아해, 복숭아식으로 거짓말을 하며 복숭아를 베어 먹다가 세상의 모든 아침(파스칼 키냐르의 소설 제목)의 으깬 복숭아 이야기를 알고 있니, 엉엉 울고 있는 내 얼굴의 눈물을 핥던 너를 밀쳐내고 과일 창고에서 즙이 흐르는 원피스를 꺼내입은 나는 바스티유 12번지의 치즈가게를 구경하며 복숭아를 깨물었다. 땀 흘리

는 탐정들을 따돌리기 위해 아일랜드 펍에 들어가 춤을 추었나. 그런데 너는 나의 거실에 입장하기 위해 메리닐다가 거짓으로 이름을 밝힌 것을 알고 있니. 채소 정원에서 여우에게 이파리가 뜯긴 채 울고 있던 메리닐다는 마졸리카 화분에서 자살하고 말았어. 복숭아를 가만히 쥐고서 무너져내리는 19세기 광장의 분수대를 지켜봤어. 튤립들이 거꾸로 피어 있다 해도 놀랄 일이 아니에요. 그렇죠? 너의 재킷에는 복숭아가 들어 있고 나의 원피스 주머니에도 복숭아가 들어 있다. 나는 내 입속의 달콤한 복숭아 즙을 너의 입속으로 가져간다. 페렉은 이것이 세기말 유령의 키스의 방식, 혹은 무용한 세계에게 작별을 고하는 예절이라고 말하며 시든 튤립들이 거꾸로 피어 있는 묘지 속으로 들어가 담배를 말아 피웠다.

카푸치노

매일 같은 옷을 입고 다니는 내게 겨울이 되자 필요한 것이 없느냐고 Y는 물었다. 나는 고개를 저었다. 청색 울스웨터와 한 상자의 달걀이 있었기 때문이었다. 우리는 소파에 나란히 앉아 성냥을 그었다. 촛불이 밝게 빛났다. 나는 촛불이 밝게 빛난다, 라는 문장을 쓰고 싶어 성냥을 그었다.

아티초크

박물관 근처의 한 카페에 들어가서 샐러드를 주문했다. K는 차가운 맥주를, 나는 바두와를 마셨다. 태양이 몹시 이글대어 얼굴이 빨개졌던 여름날이었다. 곧 두 접시의 샐러드가 접시에 담겨져 나왔다. 브리치즈, 생양송이, 사과와 살구, 까망베르, 서양배추, 로켓을 듬뿍 담은 샐러드와 구운 채소를 곁들인 아티초크 샐러드였다. 나는 흰 접시에 담긴 아티초크를 나이프로 잘라 입에 넣었다. 처음 먹어보는 채소였던 아티초크는 부드럽게 씹히는 맛이 좋았었다. 그리고 여러 해가 지나 지중해에서 재배되는 이 서양채소가 내 손에 들려 있었다. 기원전부터 이집트에서 재배되었던 인류의 가장 오래된 채소. 나는 빈집에서 꺾어온 아티초크를 삶아 꽃대의 이파리를 떼어내어 차가운 샐러드를 만들었다. 용의 비늘처럼 보이기도 하는 야생의 꽃봉오리는 구애 중인 수컷 공룡의 앞발에 들려 있거나 암컷 공룡의 목걸이로 어울릴 것 같았는데 이파리가 몹시 질겨 나는 점심을 먹는 둥 마는 둥하다 맥주를 마셨다. 어쩌면 그것은 아티초크가 아닐지도 몰랐다. 부겐벨리아, 선인장, 서양배나무와 천장에 닿아 있는 용설란꽃과 아룸 마쿨라툼, 그리고 거미를 키우기 시작한 덩굴식물들이 베란다의 빛을 차단하는 바람에 양초를 밝힌 거실 안은 작은 동굴 같았다. 그중에 죽어가는 식물이 있었는데 공동정원에 버려져 있던 메리닐다였다. 메리닐다는 집에 온 순간부터 죽어가기 시작했고 정원사가 알려준 메리닐다의 이름은 구글링으로도 찾을 수 없었지만 여섯 장의 시든 이파리를 떨구고 있는 식물에게 그 이름은 퍽 잘 어울리는 듯했다.

창문에 늘어진 덩굴들이 잠든 나의 손목을 감아 바다표범이 무리 지어 잠들어 있는 검푸른 백사장과 카나리아 군락지와 금지된 언어를 배울 수 있는 타이티 비치로 데려가는 것을 떠올리다가 경매 카탈로그를 뒤적이던 우리는 창 너머 어딘가로 가버릴 듯 뒤엉켜 자란 식물들을 가능하면 경매에 내놓고 싶어졌고, 그렇다면 카카포 깃털과 가엾

은 메리닐다를 먼저 내놓겠어, 하고 말하자 깜빡거리는 이파리들 눈동자. 그럼 나는 접시의 촛농 덩어리와 플로리다 해변에서 가져온 산호초를 내놓을 거야, 그리고 익명으로 입찰에 참여해 너의 메리닐다를 최고가에 데려오겠어, K는 말하며 메리닐다를 쓰다듬었다. 여러 날이 지나 다시 찾은 빈집에 꽃이 피어 있는 것을 보았다. 나는 꽃을 들여다보기 위해 덤불 사이에 앉았다. 버려진 정원에 핀 것은 엉겅퀴를 닮은 아티초크의 꽃이었다. 아니, 어쩌면 그것은 아티초크가 아닐지도 몰랐다. 종일 빗소리가 들리는 서늘한 방에 누워 있다. 머리가 아티초크로 변해버린 K는 어디서 울고 있을까. 나는 침대에서 빠져나와 차가운 한 접시의 샐러드를 만들었다. 차가운 기네스를 유리컵에 따라 마신 다음 차가운 입술이 되었다.

마멀레이드

그날 밤, 나는 이마에 달라붙은 젖은 머리칼을 쓸어올리며 마멀레이드 열두 병을 만들었어요. 섬이 가라앉기 시작하면 이마에 날개를 얹고서 수평선을 관찰하던 까마귀들이 일제히 날아오르는 것이었어요.

처음 보는 바람, 처음 겪는 암흑. 첫 태풍의 색은 검정을 닮아 있었습니다. 다알리아, 너도샤프란, 살아남은 여리고 가는 꽃들은 돌풍에 기꺼이 몸을 맡긴 채 흔들렸다고 했어요. 뒤엉키고 휘몰아쳐 모서리가 뭉개진 바람이 비명을 지르며 질주해요. 작은 배들은 부서지거나 침몰했죠. 크고 검은 돌들이 날아다니는 어둠 속에서 비바람에 몸을 내맡긴 우리는 날아가는 자동차 보닛과 돼지들과 먹구름 아래, 무수히 떨어지는 새들의 젖은 날개를 스치며 밤의 끝으로 날아갔어요. 마호가니 책상과 하모니카들, 푹 꺼진 가죽 소파, 어둠 속 등대의 내부는 모든 것이 낡아 있었습니다. 우리는 잠시 안도했지만 뒤따라 문을 부수고 밀려든 파도로 그곳 역시 물에 잠겼어요. 바람이 섬을 지배하고 있는 섬의 안과 밖, 모두 바다의 일부였으나 아직 물에 잠

기지 않은 등대의 이층, 그곳은 입이 사라진 사람들의 마을이었나요. 등 뒤로 문을 닫는 그 순간, 내부를 둘러싼 문들이 저절로 열리고 닫힐 때마다 풍경이 바뀌는 거리를, 무수한 활자와 기호들이 구르거나 솟구칠 때마다 마치 음소거 버튼을 누른 듯 소리가 사라지는 것 같았어요. 그리고 불빛이 새어나오는 창문 앞에 다가서자 그곳에 또 다른 내가 있었습니다. 그 식당에서 나는 Y의 접시에 오리고기를 덜어주며 식사를 하고 있었는데 무럭무럭 피어오르는 수프의 하얀 김과, 어째서인지 하얗게 세어 있는 Y의 머리카락 때문에, 차가운 창에 이마를 대고 서 있던 나는 성에 낀 유리창을 손바닥으로 닦았어요. 어지러워, 말하자 소리 잃은 말들이 눈이 되어 내리는 것만 같았어요.

샤르트뢰즈

수사들이 술을 빚는 동안 앵무새들은 수도원 복도를 걸어 다닌다. 오. 느낌표가 빠진 감탄사라니 아. 침묵을 연기하면서. 기침을 쿨럭이는 새들, 초록색 술병을 손에 든 폴린느.

나는 도그지어를 떠날 거예요. 맥주를 마시며, 언 손을 녹이며, 여섯 개의 초를 태우고 작은 죽음 속으로 들어갈 거예요. 대리석 화병, 읽다 던진 소설책, 주술용 악기 같은 것들이 가라앉아 있는 거실연못. 그녀는 유령과 같은 자세로 소파에 앉아 있던 남자의 눈가리개를 벗기고 봉인된 시간을 해제했다. 핸드백에서 꺼낸 유리병을 연못에 집어던진 폴린느는 구슬목걸이를 목에 걸었다. 객실 복도에서 미끄러진 앵무새가 에릭의 독백을 읊조린다. 너는 영원히 행복할 수 없는 작은 짐승 같아. 아— 폴린느는 입술을 벌려 담배를 받아마시다가 그의 뺨을 찰싹, 때렸다. 배추 먹는 것을 보면서 양해를 구하고 키스하고 싶었어. 나는 당신이 키스하고 싶어지도록 배추를 뜯어먹었어요. 에릭이 그녀의 엉덩이를 여러 차례 때렸음에도 불친절한 폴린느는 그

를 용서했다. 지루한 소멸 대신 즐거운 타락에 동의한 앵무새들은 양조장의 연금술을 암송한다. 폴린느! 수사는 주먹으로 문을 두드렸지만 그녀는 아랑곳하지 않았다. 연못에서 건져낸 젖은 글자들. 연못은 매워지고 커튼콜, 현기증, 풀 오브 스웨터, 그들의 겹쳐진 입술, 그 사이로 흘러나오는 담배 연기.

멜론

작게 자른 멜론 조각을 집어먹던 알리스의 몸이 부드럽게 움직이는 그의 몸을 따라 움직인다. 다섯 개의 앞치마를 번갈아 입거나 앞치마만 입고 있을 때도 있었지만 스위밍풀, 신선한 풀치마, 넴뷰탈, 알리스는 유리컵에 보드카를 한 컵 가득 따랐다. 문득 앞치마에 목을 매달아 죽고 싶군, 그녀 안의 불행한 알리스가 등장한다. 그것은 체리 타르트《이상한 나라의 앨리스》 중에서, 커스터드, 파인애플, 구운 칠면조, 토피 사탕, 그리고 버터를 바른 뜨거운 토스트가 뒤섞인 맛이었다. 알리스는 단숨에 그 병 안에 든 것을 모두 마

셔버렸다. 눈물을 닦고 자귀나무 꽃을 한 움큼 집어 먹었다. 입술이 붉어졌다.

백포도주

쓸쓸해 보이는 염소 한 마리가 비탈진 언덕에 서 있었다. 줄리앙은 빌라에 고립된 그녀가 지상으로 떨어뜨리기 위해 커튼 옆에 놓아둔 백포도주의 이름이었다.

그는 멜론 껍질을 머리에 쓴 채 발을 동동 구르다 누워도 서 있는 것만 같은 몸을 소파에 뉘었다. 허기는 어김없이 찾아왔으며 죽어감과 동시에 살아갔다. 빠르게 취해버

린 그가 모서리를 깨물어 창밖으로 집어던진 그 책을, 구두를 신은 검은 늑대 한 마리가 밟고 지나가더니 걸음을 멈추고 뒤돌아 씨앗을 멀리 뱉었다. 밤은 길고 차다. 욕조와 뱅 블랑, 줄리앙을 마신 그들 곁에 쾌락과 아득함이 머물러 그 순간 그들의 지구는 서서히 구르는 느낌이었다. 그는 그녀의 어깨를 잃었다. 조용히 일어난 그녀가 거실에서 걸어나가던 순간, 온전히 그의 것이었던 그녀가 더 이상 누구의 것도 아님을 알 것 같았다.

뱅 블랑, 거품 가득한 욕조 안에 담긴 그녀는 줄리앙에게 속눈썹 여섯 개를 그려주었다. 그처럼 많은 향수를 가진 남자를 본 적이 없었다. 손목에 뿌리고 문지르던 오드퍼퓸, 그 가짜 향기만큼이나 그가 멀게 느껴지기 시작한 것은 그 순간이었다. 지구는 몹시 빠르게 구르기 시작한다. 그녀는 문득, 줄리앙이 영원히 눈을 감더라도 슬퍼하지 않게 되었음을 깨달았고 약간의 슬픔을 느끼며 욕조에서 빠져나와 낡은 목욕가운으로 몸을 감쌌다.

라자냐

시간이 삼십 년 단위로 흐르는 꿈. 열차는 공중에 거꾸로 매달려 있었다. 미술관이 되기 전 18세기 철도역이었던 플랫폼 너머 늘어선 돔 지붕들은 기울거나 흔들려 살아 움직이는 생물 같았다. 우두커니 서 있던 나는 맞은편 열차에 탑승한다. 반대편으로 미끄러지기 시작하는 이등칸 열차의 더러운 시트, 퍼즐을 맞추어야만 열차가 출발할 수 있다며 한 승객이 두고 내린 녹슨 양철통에 퍼즐 조각이 수북했다. 목적지는 없어요, 말하자 꿈의 배경은 변경되어 활주로에 붉은 깃발들이 나부끼고 비행기가 이륙한다. 어째서인지 승객은 나 혼자뿐인 텅 빈 기내 창가

에 나는 앉아 있다. 차 쟁반을 내려놓은 기장은 주머니에서 시옷과 미음 모양의 귀걸이를 꺼내 내게 펼쳐 보였는데 손에 그것을 올려놓고 가만히 들여다보자 깨진 자음 조각들이 그 안에 모두 들어 있었다. 비행기가 북회귀선을 통과하고 있을 때 기차는 환승역에 멈추었다. 그리고 열차는 쉬지 않고 사흘 동안 이스탄불을 향해 달릴 거라고 말하는 낮은 목소리가 들려왔다. 구겨진 열차표, 식당칸 테이블에 둘러앉은 승객들, 식은 라자냐 한 접시, 엉겨 붙은 치즈 위에 흩뿌려진 마른 바질가루, 그리고 페이드아웃…… 침대에서 어디에도 없는 색의 이름을 떠올린다. 이를테면 아몬드그린, 흩날리는 승객들의 머리칼은 모두 아몬드그린. 달이 커지면 파도소리도 가깝게 들려와 눈을 감았다 뜨자, 얼음 가득 찬 달에 내 모습이 비치는 것을 볼 수 있었다.

크레페

창문을 열자 밀려드는 젖은 안개, 헤진 에스파드리유 여섯 켤레와 다섯 번의 까마귀 울음소리. 물기를 가득 머금은 섬은 어느 것 하나 축축하지 않은 것이 없다. 공중으로 날아올라 부리에 물고 있던 호두를 깨뜨려먹는 까마귀를 보았었다. 미세한 수분의 입자들이 얼굴에 닿았다가 흩어진다. 늦은 저녁을 천천히 만들어 마늘과 버터, 마른 고추와 파슬리를 흩뿌려 익힌 바지락찜과 차가운 당근 샐러드를 새로 산 그릇에 담았다. 날개를 접은 까마귀들은 잠시 눈먼 섬을 떠다닌다.

쓸쓸한 모습으로 눈을 감은 그림 속 한 남자가 다리를 뻗은 자세로 허공에 앉아 있다. 배경은 체코 프라하 성 근처, 1922년의 레트나 공원이다. 커피를 끓여마시고 크레페에 잼을 바르고 마른 나뭇가지에 자귀나무 꽃을 그려넣었다. J는 자귀 꽃을 말려 차로 마신 후로 불면으로부터 해방되었다고 말했다. 남자의 마른 광대뼈에 음영을, 계속해서 자귀꽃을 그려나가면, 벤치는 몹시 차가워, 잠은 무릎에 얼굴을 파묻은 채, 모퉁이를 돌아, 너는 자꾸 넘어지

고, 깨진 버번 잔, 녹색 벤치, 창백한 모슬린 잠옷, 발음이 아름다운 먼 지명과 이방인들, 안개와 화과자는 청옥(青玉)나쓰메 소세키의 《풀베개》 중에서으로 빚은 과자그릇에 담긴다. 블라스타 보스트르제발로바-피쉐로바(Vlasta Vostřebalová-Fischerová)는 1898년에 태어나 1963년에 세상을 떠났다.

Vlasta Vostřebalová-Fischerová, 〈Letná roku 1922〉

Recipe_1 바지락찜

Procedure_ 뚜껑 있는 팬에 무염버터와 바지락을 넣어 살짝 익힌다. 마늘과 마른고추를 넣고 뚜껑을 덮어 익히다가 파슬리를 뿌려 향을 더한다.

Recipe_2 당근라페

Procedure_ 얇게 채썬 당근을, 올리브 오일 조금, 다진 마늘 약간, 레몬즙, 소금 후추 설탕과 버무린다. 냉장고에 한 시간 정도 두어 차게 식힌다.

Recipe_3 크레페

Ingredients_ 박력분 58g, 설탕 두 큰술, 달걀 한 개, 버터 두 조각, 우유 한 컵

Procedure_ 볼에 설탕과 계란을 섞는다. 다른 볼에 밀가루, 우유, 버터를 섞는다. 랩을 씌워 한 시간 정도 냉장고에서 휴지시킨 다음 반죽을 잘 저어둔다. 팬에 버터를 둘러 페이퍼타올로 닦아 낸다. 달구어진 팬에 크레페 반죽을 두르고 얇게 부쳐낸다.

후추

까마귀, 그 곁의 직박구리, 그 새의 또 다른 이름은 티티새다. 그 너머 바다에 누워 달을 보고 있는 개복치는 불어로 뿌와쏭 라륀으로도 불리운다. 달 물고기, 좋은 이름이다. 이곳 사람들은 멸치를 멜, 이라 부른다. 육두구는 넛맥, 물냉이는 크레송, 정향은 클로브라고 했던가. 몰루카, 모루코, 튀니지, 나는 향신료의 나라에 매료된다. 향신료가 귀하던 17세기, 넛맥은 값비싼 은상자에 담겨졌다. 나는 모로코의 커피장수 한 사람을 알고 있다. 미스터 나발란, 한때 그는 기계로 양탄자를 짜는 사람이었다. 마르세유의 구시가지를 산책하다가 그늘에 이끌려 들어간 그곳은 붉은 페르시아 융단이 벽을 채우고 있는 양탄자 가게였다. 나는 그를 나발란, 하고 불렀으나 그의 이름은 'Mr. Naalbandian'이었음을 서울에 돌아와서야 알았다. 이듬해, 다시 그곳을 찾았을 때 그는 후추와 커피콩이 담긴 상자를 내게 주었다. 코스타리카 게이샤, 라는 이름의 커피콩이었는데 야생 후추는 인도에서 가져온 것으로 태양으로부터 커피 열매를 보호하기 심었던 후추 덩굴에서 수확한 것이라고 했다. 그는 말했었다. 변장을 해야 합니다.

안경, 가발만으로는 부족하군요, 변장용 과일이 필요한데…… 음, 아르침볼도의 그림처럼 말입니다, 형편없는 그 그림을 보고 있으면 더 울적해지죠. 남부사투리 억양이 강한 프랑스어였다. 올 풀린 카펫 매듭을 짓고 있던 흑인은 어깨를 으쓱했다. 그 역시 흑인이 아닐지도 몰랐다.

브랜디

R, 그는 조향사이자, 소설가, 유리병 수집가였다. 지난 여름, 지중해의 한 깔롱끄에서 그를 만났다. 다이빙, 비키니 스팽글, 산 펠리그리노, 흰 염소, 그런 것들만이 소리를 내는 조용한 해변이었다. 저녁을 먹기 위해 차를 타고 이십 분쯤 달려 도착한 암흑가는 마피아들의 소굴이었는데 그는 레스토랑 문을 나서며 자신은 한때 브뤼셀 출신의 갱이었지만 오래전 손을 떼었고 쓰고 있던 느와르 소설 역시 손을 떼었다고 말하면서 왜인지는 묻지 말아달라는 말을 덧붙였다. 로코코양식으로 설계된 지하 클럽에서 깨진 미러볼이 될 때까지 우리는 춤추었다. 매력적인 양성애자, 무리지어 다니는 촌스러움과는 어울리지 않아 보이는 R은 다소 촌스럽게 여러 번 턴을 돌면서, 까멜을 피워댔다.

댄스카드, 아일랜드 위스키와 엇갈리는 비트, 로큰롤은 반복되며 환각은 환상의 설계를 돕고 환상은 미궁의 공허를 지탱한다. 그는 담배를 말면서 브랜디를 마시러 가지 않겠느냐고 내게 물었지만 나는 밤바다에 수영을 하러 가고 싶다고 말했고 그러면 브랜디를 마신 다음 바다에 뛰어

들자는 그의 제안에 그날 밤 우리는 그렇게 했다, 그렇게 했던 것 같다.

시내에서 조금 떨어진 언덕 아래 있는 그 집에서 가장 눈길을 끄는 것은 천장에 닿을 듯 서재에 비스듬히 서 있는 일각고래 뿔이었다. 유니콘의 뿔처럼 보이는 위협적이면서도 이 신비로운 뿔은, 북극에 사는 외뿔고래의 뿔이었는데 수컷 고래의 왼쪽 이빨이 몸길이와 가깝게 자라 거의

삼 미터 길이의 뿔이 된다. 수컷들은 펜싱을 하는 것처럼 뿔을 부딪히다가 이긴 녀석이 암고래와 해저를 산책한다.

지팡이들, 범선의 마스코트, 장식장을 가득 채운 유리병들, 모르핀과 마리화나가 들어 있는 양념통, 그중에서 매끈한 흑자갈을 훔친 나는 어두운 계단을 따라 브랜디의 방으로 올라갔다. 넓은 홀을 둘러보는 동안 흰 천을 머리에 뒤집어쓴 두 사람 곁에 앉아 모슬린천을 머리에 뒤집어쓴 그가 보였다. 나는 R에게 걸어가 그의 모자를 쓰고서, 아르마냑을 마셨다.

그날 밤, 브랜디의 방에서 무엇을 먹었는지 잘 모르겠다. 티티새 파이, 멧새구이, 서양자두, 주니퍼베리와 익힌 티티새 요리, 중 하나일 거라고 생각한다. 타락한 미식가들이 녹슨 포크를 닦기 시작하면, 벌목공은 밀렵꾼의 지팡이를 분지르던 밤이었다. 습지에서 데려왔다는 올리브색 작은 새, 어쩌면 어두운 상자에 가두고 살찌운 멧새를 브랜디에 익사시켜 구운 요리일 수도 있을 것이다. R, 그가 누구인지 역시 모른다. 밤거리를 배회하다보면 이따금 마주쳤던 유령 중 한 명이었다는 것밖에는. 무엇보다도 맛이 좋았던 건 디저트 접시에 담긴, 크림을 듬뿍 올린 애플파이였다.

제4장

유빙

북엇국

나는 북엇국을 끓이며 부엌에 서 있다. 쌀을 씻어 안치고 두부를 썰어 냄비에 넣는다. 바다와 고양이, 그리고 따듯한 밥과 국이 있다. 도마뱀 사냥꾼이자 움직이는 우아한 사물, 수염에 거미줄을 묻히고 나타나 내가 잠에서 깰 때까지 침대를 지키던, 나의 고양이는 이제 여기 없다. 우리는 게으르고 아름다운 시간을 함께 보냈다.

폐허가 된 꿈속의 거리는 온통 진흙이었다. 허리까지 차오른 흙더미를 휘저어 고양이를 찾았지만 손에 잡히는 것은 검은 고양이뿐이어서 나는 울음을 터뜨렸다. 나는 그 해 여름, 아름드리 나무 아래 눈을 감은 듯 굳게 잠긴 해변의 집과 새끼고양이를 떠올린다. 끊어질 듯 가느다랗게 고양이 울음소리가 들려 담벼락으로 다가가 귀 기울이면 울음소리는 그치고 파도 소리만 희미했다. 굶주리고 있던 적갈색 고양이는 이름 없이, I의 바닷가 집에서 길러졌다. 바닷가에서 자란 두 고양이 모두 세 가지 색을 지니고 있었으며 삼색 고양이는 모두 암컷이라고 했다. 마당에서 어미 고양이 흉내를 내며 새끼 고양이를 입에 물고 장난을 치는 우리에게 고양이 털처럼 보드랍고 간지러운 행복이 잠시 머문다. 그 모든 발바닥 중에 제 것이 가장 예쁘다는 것을 알기라도 하는 것처럼 고양이는 분홍빛 혀로 발바닥을 핥는다. 잠든 고양이의 양쪽 귀를 젖혀놓고 바라보고 있자, 고양이들의 둥근 등, 사진 속에서 보았던 고기잡이배를 기다리고 있는 부둣가의 고양이 무리들이 떠올랐다. 고양이들은 어째서 그렇게 생선을 좋아하는 것인지, 그러면서도 물이라도 닿으라치면 소스라치듯 앞발을 터는 것인지, 가만히 들여다보면 시옷 모양의 입은 물고기의 입과 닮아 있어 이 작은 동물은, 지느러미를 떼어내고 뭍으로 올라와 진화한 아름다운 심해어가 아닐까, 여겨진다. 마치 우리의 발톱이 조개껍데기로부터 진화한 것처럼.

계절이 여러 번 바뀌어 두 고양이 모두 여기 없다. 이제 나는 쉽게 이름 지어주지 않고 쉽게 잊는다. 꿈에서만 볼 수 있는 것들이 늘어간다. 나는 세상의 눈에 띄지 않으려는 들고양이처럼, 기울어진 지구 끝에서 살그머니 움직인다.

문어

어부는 문어의 큰 머리는 사실은 문어의 배라고 말했었다. 수명은 종마다 차이가 있지만 문어는 고작 일년 내외밖에 살지 못한다. 다리가 여덟 개여서인지 줄행랑에 능숙하다. 한 곳에 두면 서로 다 잡아 먹어버릴 테니까, 양식도 할 수 없다. 그래서인지 문어는 몹시 비싸다. 그러나 항구에서 멀지 않은 시장에 가면 살아 꿈틀거리는 수조 속 문어를 도시의 반값으로 살 수 있다. 이렇게 징그러운데 이토록 맛있다니. 삶은 문어를 초고추장에 찍어 먹고 기름장에 버무리고 아삭아삭한 샐러드를 곁들여 카르파초도 만든다. 지중해 사람들은 문어 카르파초를 이렇게 요리

하기도 한다. 폭이 깊은 냄비에 코르크, 양파, 샐러리, 당근, 문어의 다리를 냄비 바닥으로 향하게 넣은 다음 중불에서 50분 정도 삶는다. 코르크는 문어를 연하게 만든다. 왜인지는 모른다. 코르크 마개는 참나무 껍질로 만드니까, 수피에서 우러나온 어떤 성질이 문어를 부드럽게 만들지도 모르겠지만 어쨌거나 추측이다. 문어가 익으면 물을 따라버린다. 문어는 3분의 2정도 크기로 줄어들어 있을 것이다. 깨끗한 플라스틱 병(둥근 생수병이 좋다) 상단을 자르고 식힌 문어를 랩으로 단단하게 감싸서 생수병 속에 담아 여덟 시간 정도 냉장고에 넣어 둔다. 소스를 만들고 나서 이제 문어를 먹을 차례다. 소스는 올리브오일에, 소금, 후추, 레몬쥬스. 차갑게 식은 문어를 생수병에서 꺼낸다. 둥글고 단단한 형태, 문어 롤케이크 같은 모양의 문어를 칼로 얇게 썰어 큰 접시에 담는다. 로켓과 다진 샐러리와 파슬리, 올리브를 올려 장식하고 소스를 끼얹어 접시를 낸다. 어울리는 술은 각자 형편에 맞게 준비하시길.

크레망

비단스카프를 두른 채 죽어 있는 것처럼 대리석 계단에 기대어 석공과 관목 사이를 기어다니며 산책하는 집시를 지나쳐 무거운 잠으로부터 빠져나온 나는 바다를 향해 모로 누웠다. 그리고 다음 날 대기실에 앉아 아칸서스, 목수국, 스틸녹스[수면 유도제], 아가판서스와 같은 꽃의 이름을 떠올린다. 문을 열 때마다, 말을 할 때마다 금이 번져가는 회색 방에 누워 있던 복화술사는 입을 열었다. 수면제를 빌려주었습니까. 그렇게 수면제를 빨리 드시면 약을 처방

해드릴 수 없습니다, 뜨거운 물을 많이 드십시오, 많이 드세요.

어둠의 밀도를 희석시키는 상큼한 크레망 기포들, 작은 알약을 올려놓기에 가장 어울리는 꽃무늬 찻잔, 블루베리잼 병에 담긴 280그램의 알약들은 반으로 잘라지거나 나이프로 조각 내어지거나 알콜과 섞였다. 늘어놓은 알약 중에서 연청색 알약을 집어 삼키면 5밀리그램의 수면제는 붉은 피를 따라 잠을 만든다. 약간의 환각 상태에서 잠을 청하면 밤은 가벼운 목례를 보낸 다음 어쩔 수 없다는 듯 수면을 허락하였다.

서서히 수면의 늪에 가라앉은 나는 그림자 없이 테라스에 앉아 있다. 베니스에서 잃어버린 스웨터를 입고 있는 그 깊은 밤, 나쁜 잠, 나는 해독할 수 없는 언어였기에 수프를 가져다 준 R에게, 고맙지만 수프를 먹을 수 없어요, 하고 말하자 그는 나를 부수어 수프 그릇에 흩뿌렸다. 어지러운 잠의 미로를 빠져나오면 세계는 푸른 우울로 짜인 얇은 베일. 그림자들은 모두 희미해지고 어떤 아름다운 순간들은 가슴에 손을 얹는 잠과 닮아 있어 나는 커피를 끓여 스툴에 앉았다. 아침의 침대에서 모은 낱말들은 졸음 섞인 목소리와 함께 유리병에 절여진다. 팔레 루아얄과 꿀 케이크, 덴마크행 기선과 검은색 브랜디. 이윽고 나는 밤의 몇 장면들을 잃어버린다.

오야코동

닭이 먼저인지, 달걀이 먼저인지 모르겠지만 나는 닭보다 달걀을 요리하는 편이 더 즐겁다. 달걀 상자에 가지런히 놓여 있는 달걀 두 개를 집어 볼에 깨트렸다. 횃대에 앉은 수탉이 동터오는 새벽을 알리는 소리를 들으며, 둥지에 앉은 암탉은 방금 달걀을 낳았다. 달걀을 낳기 전 벼슬은 붉어지고, 밤이 길면 알을 두 번 낳기도 한다. 소년은 대나무 바구니에 달걀을 담는다. 사과밭을 지키고 있던 검은 개의 머리를 쓰다듬고 닭의 우리를 찾아간 소년은 이따금 달걀을 찾으러 돌아다니는 닭에게 미안한 마음이 들어 개의 머리를 쓰다듬듯 닭의 머리를 쓰다듬고 싶었지만 암탉의 머리는 쓰다듬기에 너무 작았고 다른 새들과 달리 목청을 다해 우는 닭의 울음소리는 있으나마나 한 날개를 원망하며 날지 못하는 울분을 토해내는 소리처럼 들렸다. 어쩌면 다른 새들과 달리 날마다 알을 낳을 수 있음을 으스대는 소리일지도 모르겠어, 하지만 그건 수탉이잖아, 아니 암탉의 웃음소리인지도 모르겠군. 아무렴 어때, 닭이 웃는다. 사과밭에 떨어진 빨간 사과를 바지에 닦던 소년은, 벌레를 찾아 서성거리는 닭들이 날개를 펼쳐 사과나무 위를 가로질러 멀리 날아가는 모습을 보고 싶었다.

나에게는 의자가 한 개 있었다. 곡목을 구부려 만든 토넷체어, 그것을 사월 오후에, 나의 카페 테라스에서 잃어버렸다. 나는 그 의자를 기억하면서도 수없이 구웠던 팬케이크 레시피를 기억하지 못한다. 차게 식힌 팬케이크 반죽, 슈가 파우더는 피할 것, 나이프로 자를 때 폭신한 질감이 느껴지도록 도톰한 두께로 구워, 작게 잘라 올린 버터 조각은 녹지 않게, 메이플 시럽은 표면을 적시지 않을 정도로만 살짝 흘러내리도록, 누텔라, 부드러운 바나나, 블루베리, 팬케이크는 아름다운 접시에 담겨야 한다. 나는 망각의 늪에 기억들을 퐁당 던졌다. 서투르게, 무심한 습관

을 닮은 망각의 방식으로. 물에 잠긴 기억들은 해초를 닮았고 초록색 수면 위로 일렁이는 얼굴들, 건져 올려 빛을 쬐면 아스파라거스 냄새가 나기도 했다. 비닐 벗긴 커다란 벨기에 초콜릿 한 덩어리를 자를 때마다 애를 먹었던 것으로 기억한다.

화병의 수국은 청자색이었다. 자신도 여러 개의 가벼운 의자를 잃어버린 탓에 때로는 의자를 묶어두기도 한다며 지탱을 위한 의자 다리에게도 나무의 다리를 뿌리라 칭하는 것처럼 다른 지칭이 필요하다고 의자를 옮기던 수집가는 말하였는데 그의 친절에도 불구하고 수집가에게 그다지 흥미를 느끼지 못한 것은 그들이 사물로부터 자유롭지 못한 까닭이었다. 그럼에도 그가 자동차에 실어온 등나무로 짠 의자 두 개는 그뤼네발트 호수에 가져다놓고 싶을 만큼 우아했다. 이제 나는, 새처럼 무릎을 세우고 의자에 등을 기대거나 몸을 푹 파묻을 수 있게 되었다. 나는 의자에서 몸을 일으켜 렌지 후드 등 아래 서서 우유 향 나는 비누로 손을 닦는다. 겨울 수국은 꽃이 지지 않고 그대로 말라버려 잿빛 나비들의 무덤처럼 보였었다. 또 초여름의 수국은 색을 바꾸어가며 탐스럽게 피어, 그 앞에 서면 어쩔 줄 모르는 마음이 되곤 했다. 냄비 속에 달걀물을 천천히 흘려 넣자 국물을 머금은 촉촉한 닭고기에 부드러운 달걀이 뒤엉킨다. 열매와 꽃으로 장식한 방은 밤의 숲이다. 나는 꽃을 사지 않아도 되는 곳에 머물고 있다. 지난밤에는 죽은 나비가 꽃잎처럼 떨어지는 것을 보기도 했다.

Recipe_ 오야코동

Ingredients_ 닭고기, 양파, 물, 간장, 아가베시럽, 밥, 가쓰오부시, 달걀, 요리술

Procedure_ 닭고기는 청주에 재워두고 쌀은 씻어 채반에 잠시 두었다가 고슬고슬하게 짓는다. 가쓰오부시를 찬물에 살짝 우려 다시국물을 만들고 요리술, 아가베시럽이나 설탕, 소금, 간장을 섞어 소스를 만든다. 쯔유를 살짝 쳐도 좋다. 올리브오일에 닭고기와 양파를 볶은 다음, 냄비에서 끓고 있는 소스에 닭고기와 양파를 넣어 익힌다. 볼에 달걀을 풀어 두어 번 나누어 냄비에 천천히 붓는다. 몽글몽글해질 만큼만 달걀을 익혀 밥 위에 오야꼬동을 붓고 채소잎으로 장식한다.

미역국

밤의 국 요리는 심플해야 하며, 좋은 냄새가 나야 한다. 향기로운 포도주와도 어울려야 하고 살도 찌지 않아야 한다. 포토벨라 버섯에 으깬 마늘 향을 더한 맑은 국 한 냄비. 나는 발코니가 딸린 이국의 부엌에서 미역국을 끓여 부드러운 바다를 사발에 담는다. 흰 쌀밥을 미역국에 말아 먹으면 몸이 따듯해지고 점차 보이지 않는 내부에 따스함이 스며든다. 부드럽게 깊어가는 밤이 몹시 좋게 느껴진다. 섬에서는 미역국에 성게, 우럭, 황돔을 넣어 끓이곤 했

다. 나는 계단을 오른다. 블라우스와 풀스커트를 꺼내 입고서. 가방 대신 찻주전자를 들고 있다. 허공으로 길게 자라고 흩어지는 계단을 따라 어디로 도착할지 알 수 없는 나선형 층계를 오른다. 손에 든 주물 주전자에는 백합을 넣어 끓인 따듯한 국이 담겨 있었다.

Recipe_ 우럭미역국

Ingredients_ 말린 미역, 우럭, 버섯, 마늘

Procedure_ 미역국에 참기름을 넣지 않고 버섯만 넣어 끓여보았더니 깨끗하고 깊은 맛이 났다. 이 국 요리는 한때 머물던 깊은 숲에서 배운 것이었다. 가시를 발라내야 하고 손이 많이 가는 생선미역국은 나를 위해 끓여본 적은 없는 국이다. 손질한 우럭을 냄비에 넣고 뭉근히 끓인다. 불을 줄이고 생선을 건져 손으로 가시와 살을 발라낸다. 불린 미역과 다진 마늘, 우럭살을 넣고 끓이다가 소금, 국간장으로 간한다.

염소치즈

외로운 상대가 더 많이 사랑한다는 것을 알리스는 알고 있다. 그래서인지 외로운 모리스가 그녀를 마음껏 그리워하도록 내버려두었다. 그리고 램프 아래 밤은 꿈으로 이어진다.

상아 브러시와 묵직한 도기접시, 청동으로 만든 촛대와 목판화, 버터 그릇과 거북의 등껍질로 만든 재떨이와 밀랍 양초, 아무렇게나 탁자에 흩어져 있는 사물들과 그들이 서른두 번의 아침을 함께 보낸 이국의 거실은 비밀을 간직했다. 산책을 하고, 작은 저녁식사를 준비하고, 보드카를 마셨다. 때로 다투기도 했었지만 나무계단을 열두 칸 오르면 놓여 있는 침대에서 희고 부드러운 잠 속으로 들어가 불면과 고독이 주는 슬픔으로부터 멀어져갔다. 향기로운 독주와 흰 종이에 싸인 염소치즈 한 덩어리는 슬픈 잠을 위한 술과 음식이었다.

그녀는 혼자 외출해 서점에서 긴 시간을 보냈지만 서가를 가득 채운 외국어 소설과 사나운 문장들은 그녀를 즐겁고도 외롭게 만들어 책을 펼치면 활자들은 접은 책장 사이로 쏟아지거나 흩어져버렸다. 알리스는 커피를 마신다. 각설탕 종이를 벗겨 에스프레소 잔에 퐁당, 빠트리면 어느 틈엔가 니코틴에 중독된 비둘기들이 날아와 담뱃재를 쪼아먹는다. 때로는 작은 복수를 위해 다른 나라의 피가 섞인 남자들이 필요했으나 친절한 정어리 같은 그들보다는 차라리 공원에서 포도주를 혼자 마시고 몰래 꽃을 훔치는 편이 즐거웠다. 협죽도를 손에 쥔 알리스는 어둑한 아파트로 돌아와 화병에 꽃을 꽂는다. 그리고 다투어 서로를 잠시 잃어버린 날이면 그들은 더 사랑했다. 아직 어두운 새벽, 느리게 뛰는 그 불안한 심장을 잠결에 깨우면 그는 모로 누운 나를 품에 안는다. 창백한 손이 뺨과 목덜미를 지

나 부풀어오른 가슴으로 미끄러져 내려온다. 팬티를 끌어 내리고 클리토리스에 입술을 가져가 꽃잎을 먹는 것 같아, 말한다. 덧문은 덜컹거리고 곧 우리가 바라던 소나기가 내릴 것 같았다. 나는 유리컵에 담긴 술을 조금 마시고 어둠을 더듬어 그의 눈꺼풀과 입술을 어루만진다. 그리고 감은 두 눈에 사랑이 담겨 있음을 본다. 유리컵에 담긴 위스키는 향기로웠고 우리가 세상의 정지 버튼을 누른 듯, 껴안고 잠이 들 때 밖에는 소나기가, 그치지 않을 듯 내리고 있었다. 유리컵의 바닥은 에메랄드빛이었다.

술

수수로 빚은 술을 마셨고
유리창에 부딪혀 떨어진
녹색의 새를 묻어주었다.
저녁 바다는 글썽이는 얼굴 같아서
등을 돌리고 있어도 울고 싶어졌다.

백도

잣나무에 둘러싸인 간판 없는 식당에서 저녁을 먹은 사람들은 따듯한 취기에 젖은 채 침대로 돌아가 좋은 술을 닮은 깊은 잠에 빠질 것이다. 낡고 희미한 샹들리에 불빛 아래 탁자에 둘러앉아 양하 카레와 설탕에 절인 백도를 떠먹는 수척한 사람들. 술잔에 달이 차오르면 잊고 싶은 기억들은 희미해지고, 그들의 엉덩이는 탐스러운 복숭아처럼 살이 올랐다. 이층으로 올라간 Y는 눈으로 빚은 사케과 부드러운 잠을 위한 디저트를 만들어 식탁에 내었다. 그리고 모두가 돌아간 테이블에 얼굴을 묻고 엎드려 있으면 이상한 숲의 바람이 불어와 얼굴에 이야기를 그려넣어 그 뺨과 속눈썹에 마침표가 흘러내렸다.

7

무화과

뮈슬리, 커피, 차가운 우유. 꿈속에서 나는 흑인여자였다. 작약을 손에 쥐고서 박물관 복도를 달렸다. 호수를 따라 길게 이어진 회랑, 뜨거운 커피와 맨발에 닿는 부드러운 카펫 감촉, 우유 항아리에 세공된 뱅골호랑이, 샤워를 하면 꿈의 반이 씻겨 나간다. 무화과는 열매가 꽃이래요, 들무화과를 입에 넣으며 아무도 나를 모르는 국경에서 조용히 살고 싶어진다. 그러다가 문득, 이런 아침이어도 괜찮아, 하고 생각한다. 어디선가 조용한 발굽 소리가 들려

오고 자물쇠들 소리, 발굽 소리는 라운지에 다리를 접고 앉아 있던 녹색 당나귀, 아니면 호텔을 떠나는 장기투숙객의 발굽 모양 구두, 그 무엇도 아닐 수 있는 이상하고 아름다운 아침의 비, 빗소리, 실종된 벨보이의 사나운 발굽. 빵에 꿀을 천천히 발랐다. 군데군데 칠이 벗겨진 은접시는 룸서비스 접시로 쓰이던 것이었다. 나는 물에 젖은 녹색 글자들을, 어지러운 탁자에 펼쳐 놓았다. 북쪽으로 창이 나 있던 그 방은, 밤이면 창문으로 밀려들어온 무화과나뭇가지가 그늘을 드리워 어지러운 향기가 가득했다.

밤의 발코니

1판 1쇄 인쇄 2015년 11월 18일
1판 1쇄 발행 2015년 11월 24일

지은이 · 유지나
펴낸이 · 주연선

책임편집 · 오가진
편집 · 이진희 심하은 백다흠 강건모 이경란 윤이든 강승현
디자인 · 이승욱 김서영 권예진
마케팅 · 장병수 김한밀 정재은 김진영
관리 · 김두만 유효정 신민영

(주)은행나무
121-839 서울특별시 마포구 양화로11길 54
전화 · 02)3143-0651~2 | 팩스 · 02)3143-0654
신고번호 · 제1997-000168호(1997. 12. 12)
www.ehbook.co.kr
ehbook@ehbook.co.kr

잘못된 책은 바꿔드립니다.

ISBN 978-89-5660-953-9 03810